Serge Reeg

Et sa plume Nicole Laugel

MON VOYAGE
AU BOUT DU COVID-19

© 2020, Serge REEG

Edition : BoD – Books on Demand

12/14 rond-point des Champs-Elysées, 75008 Paris

Impression :

BoD – Books on Demand, Norderstedt, Allemagne

ISBN 978-2-322-25984-7

Dépôt légal : décembre 2020

« La vie n'est pas une fête perpétuelle,
merci pour les roses, merci aussi pour les épines. »
Jean d'Ormesson

À Catherine, Romain 13 ans, Baptiste 15 ans,
Maman, Marceau, Marilyn
et le personnel soignant

« Je n'arrive plus à respirer … »

Après une nuit passée à espérer un léger mieux qui n'est pas venu, à l'aube, je crains de faire un arrêt cardiaque tant le simple fait de respirer me demande d'efforts. J'appréhende la décision que je dois prendre. Mais il n'est plus temps d'attendre. Je compose le 15. Peut-être qu'on va me rassurer… Mais au fond, je sais bien que non.
« Quels sont vos symptômes ? demande le médecin régulateur du SAMU.
- Depuis une semaine, j'ai de violents maux de tête, de la fièvre, je transpire, je tousse, mais surtout j'ai du mal à respirer depuis hier. Je cherche de l'air.
- Je vous envoie une ambulance… »
Je voudrais refaire le chemin en sens inverse pour comprendre où j'ai été rattrapé par ce virus entré dans l'actualité depuis qu'en janvier la Chine s'est trouvé frappée.
Il y a tout juste une semaine, le vendredi 6 mars, je ne me sentais pas très bien. Maux de tête, fatigue, poussée de fièvre…
« J'espère que ce n'est pas ce nouveau virus… ai-je confié à mon médecin généraliste.

- Non, non, a-t-il répondu, sans doute pour m'éviter toute panique. Ça doit être une grippe.
- Je travaille à Colmar en ce moment, on repeint un hôtel. C'est peut-être là que... ou alors pendant les vacances à la montagne. »

Des joueurs du club de basket de mes fils à Furdenheim sont eux aussi tombés malades. Ce serait ce match en février ? Je les ai accompagnés dans un village proche de Mulhouse. Mulhouse qui est en alerte maximale, suite à la multiplication très rapide du nombre de malades du coronavirus. Comment savoir ?

« Le test est formel Serge, m'annonce le médecin, ce n'est pas une grippe. Ça pourrait être le coronavirus. Il faut t'isoler chez toi deux semaines, à distance des autres. »

Je connais les consignes, répétées en boucle depuis quelques jours par les autorités sanitaires, avec l'objectif de freiner la propagation de la maladie, en prenant des précautions de distanciation physique et de lavage des mains. Les grands rassemblements sont proscrits et tout le monde est invité à limiter ses déplacements. À ce moment-là, on ne sait pas grand-chose de ce virus qui défie tout ce que la médecine connaît. Jusque dans les sphères les plus autorisées, on oscille entre paroles rassurantes et mises en garde inquiètes. À la radio et à la télévision, des tas de gens, politiques, médecins, analystes, polémistes, experts ou non, débattent et s'écharpent à propos de la gravité de la situation sanitaire en France qui compte ses tout premiers morts du coronavirus. Certains sont convaincus qu'il s'agit d'une « grippette » et d'autres parlent de pandémie mortelle. Comment faire pour protéger Catherine et les enfants, Romain et Baptiste, en vivant sous le même toit ?

Heureusement, lundi je me sens bien mieux. Je n'ai plus beaucoup de fièvre. Si je n'avais pas ces fichus maux de tête, ça irait même tout à fait bien !
Mardi confirme cette tendance. Romain et Baptiste, proposent de faire un jeu de société en famille après dîner. J'en parle à Catherine. Est-ce que je risque de leur diffuser le virus ? On se dit qu'avec un simple jeu de cartes, il y a peu de probabilités. Après tout, je vais mieux. Alors nous nous lançons dans quelques parties de « Uno », dans la bonne humeur. Les cartes circulent de mains en mains.
Mercredi je me sens encore mieux. Le médecin généraliste constate d'ailleurs que ma saturation remonte. Je dis à Catherine qu'elle peut partir tranquille à Paris, comme prévu.
Jeudi, je me dis que cette attaque de grippe ne serait déjà plus qu'un mauvais souvenir si le mal de tête ne persistait

pas. Je me rends donc chez le médecin : « Quand mon fils était malade trois semaines cet hiver, il a commencé à aller mieux quand tu lui as prescrit des anti-inflammatoires. C'est plus fort que le paracétamol. Avec ça, mon mal de tête passera peut-être. »

Dans quelques jours, les médecins découvriront les incidences des anti-inflammatoires qui aggravent l'infection chez les personnes atteintes par le coronavirus. Les conséquences ne se font pas attendre : dans la journée, je commence à éprouver des difficultés à respirer. Je ne le sais pas encore, mais l'infection explose dans mon organisme.

Catherine est rentrée de Paris. Romain et Baptiste ont des maux de tête et un peu de fièvre. Heureusement aucun d'eux n'éprouve la moindre gêne respiratoire, un signe d'aggravation de la maladie selon les médecins et le ministre de la santé. Le soir, dans une allocution télévisée, le président de la République annonce la fermeture des écoles et l'interdiction des rassemblements de plus de 100 personnes ; les autorités sanitaires recommandent de rester chez soi autant que possible, de se laver les mains toutes les heures, de garder une distance d'un mètre avec toute personne. On y est. Un confinement suivra peut-être. Voilà des semaines qu'on observe une lointaine province chinoise appliquer des mesures strictes avec des méthodes impitoyables et on a été tenté de plaisanter ici et là : en France, ça ne marchera pas ! Mais depuis, l'Italie s'y est mise elle aussi. Et l'Espagne y pense. Les mots coronavirus et confinement entrent dans le langage courant et monopolisent la plupart des conversations.

Je ne vais pas bien.

« Tu ne peux pas rester comme ça Serge, il faut appeler le 15, me dit Catherine.

- Non, t'inquiète… on verra demain.

- Demain ce sera peut-être trop tard.

- Non je t'assure... »

Mon frère Marceau me rend visite. Au dîner, rien ne me fait envie. La nourriture n'a aucun goût… Personne ne sait pourquoi. Ils veulent tous que j'appelle le 15, mais j'ai peur de ce qui suivrait. Je garde espoir. Après tout, je suis habituellement en pleine forme, aucun problème de santé. On dit même que je suis un roc, du haut de mon mètre 92. Mais je sais que je peux être un roc contagieux et je m'isole pour la nuit. Quand Catherine entre dans la chambre au petit matin, je devine à son regard que je m'enfonce, que cela se voit et que cela ne va pas s'arrêter avec du repos. Je n'ai plus le choix, je dois appeler le 15.

L'appel au 15…

Quand je raccroche après avoir parlé au médecin, je suis déjà ailleurs, à l'entrée d'une sorte de spirale qui m'effraie.
À quoi pense-t-on pendant qu'on se prépare à partir à l'hôpital en ambulance ? À sa femme, ses enfants, sa maman, son entreprise de peinture, et c'est si dur qu'il vaut mieux se concentrer sur son téléphone, sa carte Vitale, ses lunettes… Quoi d'autre ? Rien. On verra bien. Tout se mélange dans ma tête, les morts qui augmentent chaque jour, les pays et régions qui se confinent, les chantiers qui ont besoin de moi. Pire encore, je pense à ma famille que je laisse là. Catherine aussi est entrée dans une autre dimension. Elle tente de garder la tête froide. Le combat contre le virus vient d'entrer dans notre vie, sans qu'on puisse en imaginer les conséquences.

Une heure plus tard, une ambulance privée arrive, signe que le SAMU est déjà débordé. Le médecin mesure ma saturation[1] à l'aide d'un petit appareil qu'il clipse au bout de mon index.

---

[1] Saturation en oxygène : taux d'oxygène contenu dans les globules rouges après leur passage dans les poumons qui représente la quantité d'hémoglobine oxygénée dans le sang. Elle permet aux médecins d'évaluer rapidement les fonctions

« 87… annonce-t-il. Ce n'est pas bon. Le seuil à ne pas dépasser est 90. Vous êtes en insuffisance respiratoire, il faut vous hospitaliser. »

D'une voix blanche, Catherine l'annonce à ma mère, mon frère, Marilyn, son amie proche qui vient aux nouvelles.

Je suis sidéré. C'est la troisième fois que je vais à l'hôpital un vendredi 13. Mais les autres fois, c'était pour des blessures anodines. Là, je m'en vais rejoindre ceux dont parlent les médias, jusqu'ici des numéros, des nombres de personnes infectées, de morts, quelques noms connus, un ministre, des députés, un acteur… J'ai peine à croire que ça m'arrive à moi aussi. Je ne suis pas une personne fragile, ancien basketteur amateur, connu pour mon goût du jeu et de la victoire. Quelques jours plus tôt, en vacances dans les Alpes, j'étais encore rempli d'énergie. Ce ne sera sûrement pas grave, du coup. Je serai vite de retour à la maison.

C'est aussi ce que pense Baptiste, mon fils aîné. Il est resté dans sa chambre. Il ne veut pas gêner les secouristes au travail. Il voit parfois des ambulances dans la rue, des médecins marcher d'un pas pressé vers un malade en détresse, de lourds sacs en bandoulière pleins d'instruments

---

respiratoires d'un patient. Inférieure à 90% : on parle de désaturation, c'est un cas d'urgence.

de toutes sortes, des bouteilles d'oxygène sous le bras. Et voilà que ça se passe chez nous.

Je descends les deux escaliers de ma maison, soutenu par les brancardiers qui m'aident à m'allonger dans l'ambulance. Maman est de l'autre côté de la rue, à cette distance qui est déjà devenue la règle.

« C'est un jour différent, spécial… dit Baptiste à son ami Aristide qu'il joint en visio. Ils ont testé la respiration de papa. Je n'étais pas à l'aise de le voir comme ça, pas habitué à ces situations. » Il cherche à passer à autre chose, les devoirs, la console de jeux. Romain, mon plus jeune fils, est lui aussi dans sa chambre où il tente peut-être de se concentrer sur quelque chose pour oublier ce qu'il ne veut pas envisager. « Papa n'est jamais malade. »

Mais en route pour le Nouvel Hôpital Civil, je sais que les personnes hospitalisées pour le coronavirus sont isolées, parce que très contagieuses. Catherine et les enfants n'auront pas l'autorisation de me rendre visite. Maman non plus. Est-ce que je les ai contaminés ? Le stress me submerge.

« Je prends les choses l'une après l'autre… explique Catherine à son amie Marilyn au téléphone, après mon départ.

- Il est entre de bonnes mains ! » rassure cette dernière qui, depuis la veille au soir, apprenant que je respire difficilement, ne cesse de répéter : Il faut appeler le 15 !

À 23 heures, elle a envoyé un SMS : « En cas de problème, tu appelles, je viens tout de suite » assorti d'une photo de son jean, ses baskets et ses clés de voiture au pied de son lit avec son téléphone, prêts pour l'urgence.

Elle positive au mieux, avec l'objectif d'aider Catherine à préserver les enfants et maman, tout en étant transparente. Pour elle, le mécanisme est complexe. En dire un peu, pour éviter d'en dire trop ou pas assez. Pour cela elle peut aussi compter sur Marceau. Hier soir je lui ai promis de m'accrocher. « Je vais m'en sortir Marceau ! Je vais me battre ! » alors que j'essayais de faire l'impasse sur ma cage thoracique qui se réduisait à me faire mal.

Une connaissance a été plongée récemment dans le coma dont elle est sortie au bout de dix jours.

« Je le prends comme référence, confie Catherine à mon frère. Il sera peut-être dans le coma quelques jours et puis il guérira.

- Oui, je suis confiant. Serge est solide ! Il n'a aucun problème de santé. Et il a de la volonté à revendre ! assure-t-il avec émotion.

- Il faut soutenir Odile, ajoute Catherine qui évite à tout prix de flancher. Elle a vu Serge quitter la maison en ambulance... »

Elle habite en face... et elle a vu que son fils cadet ne peut déjà plus respirer tout seul, si faible qu'il n'a pas pu faire tout seul les quelques mètres séparant la maison de l'ambulance.

La solidité de chacun et notre solidarité habituelle, va trouver à s'exprimer !

La douleur…

Arrivé à l'hôpital, je n'ai pas le temps de penser. J'entre dans un monde confiné et ultra-protégé, où les visages des êtres humains ont disparu derrière masques, charlottes, visières et lunettes de protection. Les examens se succèdent. Les médecins défilent à mon chevet.

Ma cage thoracique se comprime. Respirer est une douleur que je redoute à chaque souffle. Je sonne une première fois.

« Ne vous inquiétez pas, on s'occupe de vous… »

À mon troisième coup de sonnette, la panique me dépasse, les médecins me mettent sous oxygène pour m'aider. Mais cela n'aide en rien. J'ai toujours aussi mal.

« Nous n'avons pas de place ici, me dit-on. On vous transfère au CHU d'Hautepierre. »

Déjà je suis reparti. Et dans cette ambulance, je commence à me sentir perdu. Je me focalise quelques minutes sur la maison. Cat… seule à bord avec les enfants. Et mon entreprise… j'ai de l'argent dehors, des chantiers terminés et personne ne sait à qui facturer. Je m'angoisse. Et cette douleur qui prend le dessus, qui augmente. Cette obsession de respirer.

Que va-t-il se passer ? Je vais arriver au CHU, et dévoré par mon envie de vaincre cette situation, je vais fanfaronner avec l'énergie du désespoir qui monte en moi. Je ferai un selfie avec les infirmières. Et si j'en ai encore la force, je l'enverrai à Catherine - en fait, je n'en aurai plus la force. Je voudrais qu'elle n'ait pas peur, qu'elle ne se fasse pas de souci pour moi, en voyant que je suis bien entouré et qu'on s'occupe de moi. Ça va aller, ça va aller… murmure une petite voix dans ma tête, pendant que je réponds à un message d'encouragement de mon frère, puis de Marilyn : « Vas-y Serge, tu es un battant ! » Fébrile, je réponds : « Oui, je vais me battre ! » Mais je pense à toute vitesse, trop… Est-ce que les médecins décideront de m'intuber ? Un tuyau dans la gorge. La perspective me fait peur. Et si je vais mal et qu'ils prennent le parti de me plonger dans un coma artificiel ? On dit que c'est ce qu'on fait généralement…

Qu'est-ce que j'ai mal ! Donnez-moi plus d'oxygène, je vous en prie. Peut-être qu'ils ne voient pas que je ne vais pas tenir très longtemps comme ça.

À l'hôpital de Hautepierre, les sédatifs ne servent à rien. Je râle, je me débats. L'intubation est inéluctable.

Les seuls messages que j'ai encore la force d'envoyer sont pour Cat :

« Dur dur, je m'accroche pour toi, pour les enfants. Demain décision coma artificiel ou pas. »

« Ça ne va pas, il a mal ! » explique-t-elle à Marilyn qui constate en effet que je ne réponds plus à ses messages.

Le mieux pour moi est de cesser de penser, de débrancher le cerveau.

Il paraît que je demande à être plongé dans le coma. Je ne m'en souviens pas. Le cerveau de l'être humain est si bien fait que j'en ai perdu le souvenir. Souvenir que je reconstitue grâce à mes proches.

Dès ce samedi, Cat reçoit le soutien actif de son entourage. Une amie lui apporte de quoi subsister pendant un bon moment : lait, eau, céréales, pain de mie, pâtes… D'autres proposent de l'approvisionner en produits frais quand elles feront leurs propres courses.

Le lendemain, dimanche matin, 9 heures, elle attend en vain de mes nouvelles. Dix heures, toujours rien. Onze heures, c'est elle qui appelle l'hôpital, ce qui n'est pas chose facile dans les services d'urgence qui commencent à déborder de malades.

« Il est avec les médecins, l'informe une infirmière. Ils sont en train de le mettre dans le coma. Respirer lui faisait trop mal… »

On a beau s'y attendre… l'impuissance s'ajoute à l'inquiétude.

« Comme ça, il n'a pas mal, rassure Marilyn. Il va pouvoir se refaire une santé ! »

« Papa a été plongé dans le coma. Ils ont fait ça pour que son cerveau cesse de réfléchir. Et comme, du coup, il ne souffre pas, les médecins vont pouvoir le soigner au mieux », annonce Cat aux enfants auxquels elle ne veut rien cacher, mais qu'elle tient à préserver, en détaillant le moins possible… ou alors d'une manière positive.

Le moment est difficile pour Baptiste et Romain. Pensant que j'allais revenir rapidement, ils n'avaient pas pensé à une intubation. Mon aîné estimera que c'est le moment le plus dur. Il se fait des films et « ça roule moins bien » dans sa tête. Après quelques heures de creux dans le moral, il est finalement rassuré de savoir qu'il s'agit d'un coma artificiel. C'est un mal pour un bien, choisi pour éviter de souffrir. Et puis il voit que sa maman ne montre pas « un visage en panique », « elle sait garder une certaine sérénité ».

En fin de journée, elle note dans ses carnets : « Plus de SMS de Serge. Je ne peux plus contacter le CHU en direct. Le service est débordé. À partir de maintenant c'est les médecins qui vont me contacter chaque après-midi pour m'informer de son état. »

La vie confinée…

Alors que je suis placé en coma artificiel, commence un période d'attente quotidienne pour ma famille. « J'arrête de regarder la télé, d'écouter la radio, de lire les journaux. Je rentre dans ma bulle, je fais confiance… » telle est la devise de Cat, qu'elle écrit noir sur blanc.

Baptiste et Romain l'accompagnent en balade pour faire le tour du moulin à pied, un genre de « sport » qui ne les passionne habituellement pas, mais ils font bloc. En ce dimanche 15 mars, les gens se promènent, apparemment encore insouciants, alors que tous trois sont dans une autre dimension de la pandémie, la douleur pour respirer, le masque à oxygène, le coma. Catherine et les enfants sont mal à l'aise, essayent de garder les distances.

Mais le coronavirus va vite entrer dans toutes les têtes et dans toutes les vies. Le président de la République va de nouveau s'adresser au pays demain lundi 16 mars et on dit qu'il va annoncer un confinement strict. De fait, l'heure est grave… Les hôpitaux sont confrontés à un afflux de malades qui se dresse comme un mur en face d'eux. Les activités non essentielles cesseront dans tout le pays dès le mardi 17 mars à midi, alors que Cat écrit : « L'état de Serge est stable. Les antibiotiques font le job. C'est encourageant mais faut pas s'emballer. Le chemin est long. Je reste positive ».

Mardi, le pays se fige. Plus personne ne sort, sauf pour acheter sa nourriture et éventuellement prendre l'air, une heure, près de chez soi, sur la foi d'une « attestation de déplacement dérogatoire ». Pour Cat, c'est une forme de soulagement. Désormais, c'est comme si tout le monde était dans le même bateau. Et puis traverser Marlenheim reviendrait à répondre aux questions de tous les gens qu'elle croiserait, des questions gentilles et prévenantes bien sûr. Mais elle n'a envie de ne voir personne. Le confinement règle la question…

Le danger est de tourner en boucle autour de ses soucis et de ressasser les angoisses, faute d'activités et de vie sociale. Alors elle organise ce temps pétrifié pour éviter de sombrer dans la psychose et la déprime ! Un planning est instauré. Les enfants passent une heure avec elle tous les jours, ménage, jardinage, rangement, cuisine. Un roulement est établi pour mettre la table, chacun à son tour, et le dimanche tous les trois ensemble. Le matin est toujours actif, et l'après-midi un peu moins, dans l'attente du coup de fil de l'hôpital. Parfois l'attente est longue… Il n'y a pas de colère ou de révolte, mais une tension contre laquelle il faut lutter pied à pied.

La situation se complique quand, deux jours après mon départ en ambulance, Cat ressent les premiers symptômes du coronavirus. Elle ne le dit qu'à demi-mot mais Marceau le devine. Il en parle à son épouse : « Si Catherine va à l'hôpital, qu'est-ce qu'on fait ? » Décision est prise. Marceau ira à Marlenheim s'occuper de Baptiste et Romain. Seule Cat semble ne pas en faire une affaire. Pragmatique, elle appelle le médecin généraliste : « J'ai des courbatures, un peu de toux. J'ai plein de sirops dans l'armoire à pharmacie, je prends lequel ? » Et c'est tout. Dans sa tête, c'est clair, elle ne peut pas tomber malade. Il y a les enfants. Donc il faut que ça passe ! Une copine est malade en même temps qu'elle, couchée deux semaines durant, à ne rien pouvoir faire, épuisée.

Et voilà que Marilyn tousse. Elle va chez le médecin plusieurs fois, s'apprête tous les jours à faire le 15, renonce, se recroqueville à attendre que passe la crise. De toutes façons, il n'y a pas encore de test disponible. Elle aussi tient la dragée haute, n'en parle pas, minimise lors de l'apéro hebdomadaire sur Skype : « Oh tu sais bien, je tousse tout le temps… » Elle ne veut pas que Cat s'alarme. Mais mission impossible… dans le clan qui regorge de positivisme et de confiance partagée, chacun dédramatise, pour protéger les autres, et chacun se fait un sang d'encre pour l'autre. La question tourne dans leur tête avec une angoisse sourde : où ce foyer épidémique s'arrêtera-t-il ? Alors ils poussent le curseur de leur énergie naturelle, encore et encore, pour survivre physiquement et psychiquement. Comme je le fais moi-même, dans mon coma, inconsciemment. Ils disent de moi que je suis à la hauteur du défi, alors je ne peux pas les décevoir.

Et ils m'ont épaté…

Marilyn subit une perte de goût en plus de sa toux, ce qui ne l'empêche pas de gérer son hôtel où les annulations se succèdent. Marceau travaille auprès des jeunes en difficulté psychologique qui ont plus que jamais besoin de lui, veille sur sa femme dont la santé est fragile, sur Cat et mes enfants auxquels il parle tous les jours, sur Maman qui, de son côté, se documente au plus près des soignants qu'elle connaît, tout en affichant sur la façade de sa maison son admiration pour leur courage et leur engagement auprès des malades. Tous les soirs à 20 heures, ils « communient » avec les voisins et les inconnus de tout le pays, en applaudissant ceux qui font tout pour nous sortir de cet enfer. Cat et les enfants ne peuvent pas rater l'heure du rituel. De l'autre côté de la rue, à l'heure pile, Maman, de sa fenêtre, actionne une cloche qu'elle a trouvée au grenier ! C'est le signal. Dans toute l'Europe, les gens ouvrent leur fenêtre, sortent sur le pas de la porte de leur maison, dans leur jardin ou sur leur balcon, pour applaudir et ovationner les soignants. Çà et là, un musicien donne un concert, de chez lui. C'est la face plus prometteuse de ce drame planétaire. Il inspire à l'Humanité ces quelques minutes quotidiennes d'harmonie, quand chacun s'extrait de sa solitude pour apporter sa petite contribution symbolique mais ardente à la cause commune.

La météo du mois de mars est exceptionnelle, gorgée de soleil, après des mois de pluie. Nul doute que cela renforce le moral des troupes. Cat oublie sa fatigue, ses courbatures et son inquiétude en proposant aux enfants de s'attaquer à la rénovation d'une partie de jardin où se trouvent un potager en déshérence et un muret qu'il est question de démolir depuis longtemps. Une demi-heure, trois quarts d'heure par jour y sont consacrés, les plants fichus sont arrachés, la terre est retournée, et les pierres du muret s'accumulent, descellées et entassées. Les outils sont rudimentaires, un simple râteau, une bine, une pelle et beaucoup d'huile de coude, mais c'est un défouloir bienvenu. Pendant l'exercice, on évite de trop penser.

Mes deux garçons, heureusement, peuvent jouer au basket tous les jours. Les salles de sport sont fermées, mais ils ont à leur disposition un panier dans la cour de la maison. Des concours de tirs et de lancers francs leur permettent de se donner à fond, comme sur un terrain. Et comme pendant un match, ils oublient tout.

Mais c'est parfois tout le contraire. Baptiste se revoit jouer avec moi, nos dribbles, nos tirs, nos cris de victoire quand le ballon entre dans le panier ou de déception quand il rebondit sur le bord et part dans l'autre sens. Alors il doit s'arrêter de jouer. C'est trop. Il a mal au cœur. Aussitôt il déchaîne sa force dans le jardin, parfois plusieurs heures d'affilée. Ce n'est pas que c'est difficile d'en parler… mais il préfère ne pas lancer de conversation sur le sujet qui est dans toutes les têtes, pour ne pas prendre le risque de créer de la frustration, de la peur, des tensions. Regarder les écrans n'apporte rien, sinon davantage d'angoisse. Même les chaînes de divertissement, de sport ou pour la jeunesse passent des messages de prévention, parlent du virus.

« Le basket c'est la solution à tout ! Quand je joue, je ne pense plus à rien, je suis dans un autre monde… » Le lendemain il refait des lancers francs avec Romain. « Si je n'avais pas eu mon panier de basket et mon frère… dira-t-il ensuite, ça aurait vraiment été très difficile ! » Et quand la tension monte entre eux deux, la paix revient vite : « Il y a papa, alors on essaye de ne plus en parler, ok ? » Ils sentent qu'ils ont besoin l'un de l'autre. « On forme une chaîne, c'est vraiment bien ! » songe Baptiste. Ensemble, ils passent de bons moments qui les divertissent et enlèvent tout stress, dans ce quotidien rythmé par les appels de l'hôpital. Et à chaque fois que Cat parle à une infirmière ou un médecin, en raccrochant, elle dit : « Je fais confiance aux équipes soignantes et à la volonté farouche de Serge ! » Elle sait parfaitement qu'elle n'a pas le choix, qu'il est inutile de s'acharner sur ce qu'on ne peut pas changer et ne cesse de dire aux soignants : « Je sais que vous faites le maximum… »

Le lundi, les garçons reçoivent les devoirs scolaires de la semaine via le Net. Il a fallu mettre en œuvre la classe à distance en un temps record et l'Éducation Nationale fait comme elle peut, les profs aussi. Certaines matières sont obligatoires, mais l'application bloque souvent, se remet en marche le soir à 20 heures puis plus du tout pendant une semaine. Alors les matières obligatoires ne le sont plus et tout devient facultatif.
Les enfants disent bonjour de loin à Maman, que Marceau vient voir de temps en temps pour s'assurer qu'elle ne

sombre pas dans la déprime. Rester force positive engendre une fatigue psychique très importante. Comment ne pas perdre les pédales ? Comment continuer à encourager, consoler au besoin, alors que l'on ressent soi-même une sourde inquiétude et même de la détresse ? Marceau ne veut pas montrer le moindre signe de faiblesse. Il sait que chacun d'entre eux joue avec les limites de ce qu'il peut supporter, jour après jour, bulletin de santé après bulletin de santé… Parfois il sent que Cat est fragilisée et c'est tous les jours qu'il faut apporter de l'énergie positive à Maman. Ils n'ont rien lâché, ils ont tenu, dans ce monde qui, pour la première fois de l'histoire de l'Humanité, s'arrête de tourner ou ralentit tout entier.

« Quand Marceau est passé, plus tard, il avait des masques et je me suis rendu compte que le monde avait changé. Dans la rue principale de Marlenheim, il n'y avait personne, pas de voiture, le silence, c'était irréel. Dans 5 ou 6 ans, ce sera dans les manuels d'histoire… » me racontera Baptiste.

Le 18 mars : « Serge communique avec les médecins via des clignements d'œil. C'est hallucinant ! Afin de faire passer le temps, nous nous lançons dans la confection de cookies, de gaufres, de brownies… »

Cat n'a pas l'habitude de gérer le barbecue, mais il faut se faire plaisir en restant des épicuriens qui n'auront pas perdu les bonnes habitudes quand je reviendrai. Les enfants adorent la raclette, alors ils en mangent. Au bout de neuf fois, ils capitulent ! À table, c'est le moment où ils sont ensemble tous les trois. Comme les marins d'exception, quand ça souffle fort et qu'ils sont dans le dur, quand ils risquent de sombrer, ils ne parlent pas du coronavirus et de ma situation. Ils font abstraction de tout et savourent le moment.

Tous ces plaisirs sont comme des ateliers thérapeutiques, menés ensemble, entre les parties de basket des garçons dans la cour, quelques heures passées sur la Play et la série Grace et Frankie, drôle et légère, que Cat regarde pour se vider la tête. Elle ne parvient pas à lire. Impossible de se concentrer suffisamment. Pas plus qu'elle ne réussit à se lancer dans de grandes entreprises de ménage et de rangements de placards comme à peu près tout le monde le fait, cloîtré à la maison.

Épidémie à grande vitesse…

À l'hôpital, les nouvelles sont tantôt bonnes, tantôt plus mitigées. Marceau est à la recherche d'éléments détaillés, Maman garde la télévision allumée pour ne rater aucune information et parle avec ses amis du milieu médical, Cat ne veut savoir qu'une chose : comment mon état évolue, en sachant que si tout va bien c'est l'infirmière qui lui téléphone et que, si c'est plus compliqué, un médecin sera au bout du fil.

Le 20 mars : « Serge a divisé son besoin en oxygène par deux. Je suis confiante. Il progresse. »

Le 22 mars : « Suspicion phlébite. Le virus ne progresse plus. Il est encore trop faible pour sortir du coma. »

Le 23 mars : « Confirmation phlébite au bras. »

Le 24 mars : « État stable, plus de fièvre. J'espère que l'extubation est proche. »

Le 25 mars à 10 heures, Catherine remarque que l'hôpital a essayé de la joindre. Elle rappelle, inquiète. Un coup de fil en dehors des horaires de l'après-midi, c'est un problème ! Le service est rassurant : « Non non, votre mari est stable. Ça doit être l'administration… » À 11 heures, l'hôpital à nouveau, un professeur : « … On va faire un train pour Nantes… » dit-il en se lançant dans l'explication d'une opération qui semble si incroyable que Cat ne comprend rien dans un premier temps, surtout qu'elle évite soigneusement les infos en continu, trop anxiogènes. Alors elle écoute plus attentivement le médecin et résume :

« Pour faire simple, vous êtes débordés et vous prenez les meilleurs des pires, c'est-à-dire ceux qui sont en état de voyager, pour les envoyer dans les hôpitaux de régions moins touchées...

- Oui, en gros, c'est ça. Votre mari est un bon candidat. On décide cet après-midi et on vous dira ce soir s'il prend ce train ou non. »

Que faire d'autre ? Les médecins informent plus qu'ils ne demandent l'avis de la famille, dans ce contexte où l'incertitude le dispute à l'urgence. C'est un peu comme si c'était la guerre.

20 heures le 25 mars : « Votre mari va prendre ce train demain matin à 6 heures. Il est en capacité de voyager, il n'y aucune raison que cela ne se passe pas bien. C'est un TGV entièrement équipé comme un hôpital, avec des médecins, des infirmières... Selon la façon dont votre mari supportera le voyage, il sortira à Angers, la Roche-sur-Yon ou Nantes. » Cat comprend que les malades en détresse respiratoire sortiront à Angers et que les plus « en forme » sortiront les derniers, à Nantes. Elle note : « Je suis positive

car il est transportable. Il y a trop de malades à SXB[2]. Il faut faire un tri. »

Le 26 mars, une amie lui téléphone : « C'est incroyable ! Je viens de voir sur BFM-TV un papier filmé en gros plan qui mentionne : 'Mr Reeg Nantes'. » Au-delà du côté burlesque de cette annonce, c'est une première très bonne nouvelle : dès le départ, je suis planifié pour Nantes. Cela donne confiance. Un peu plus tard, une amie conseille : « Tu devrais regarder les infos, je t'assure, ce train, c'est génial ! » Alors Cat prend sur elle et allume la télévision. « Il paraît qu'on peut voir le train médicalisé dans lequel papa voyage, on va regarder le JT… » propose-t-elle aux garçons. Il est 13 heures, et ils prennent en pleine figure des images de malades transportés comme des sacs, inertes, par des soignants affairés, caparaçonnés dans leurs équipements de protection. « Je n'imaginais pas du tout que… » murmure Cat qui depuis le début ne veut rien imaginer ! « Ah, ils ont quand même de sacrés tuyaux, là, maman… » embraye Romain, les yeux rivés sur l'écran. Trente secondes suffisent à provoquer le choc d'une réalité qui les agresse. « Mais ça ne doit pas être papa, il doit avoir un masque pour avoir un peu d'oxygène… » suggère Cat. Que lui dire d'autre, avant

---

[2] SXB : code attribué par l'Association du transport aérien international (AITA) qui désigne l'aéroport de Strasbourg.

d'éteindre la télévision et de passer à autre chose ? Il n'y a que le positif à retenir de tout cela pour le moment. « Papa va à Nantes parce qu'il va bien ! »

« Regarder les images à la télé ne sert à rien, on a du travail au jardin ! » propose aussitôt Cat qui met tout le monde d'accord à la maison. Retour immédiat dans la bulle qu'elle a créée pour tenir le coup. Grâce au huis clos du confinement, les garçons sont épargnés par les rumeurs et les questions des autres. Il faut plus que jamais y veiller…

Pour Maman, c'est plus difficile. Bien sûr, elle ne pouvait pas me voir au CHU à Strasbourg. Que je parte à 900 kilomètres n'y change rien, mais son fils cadet s'éloigne…

De son côté, aux aurores, Marceau sort de chez lui, près de la Gare de Strasbourg. Peut-être pourrait-il apercevoir les ambulances et même s'il ne sait pas dans laquelle je serai, il projette de penser si fort à moi qu'il m'enverra un peu d'énergie positive pour mon voyage. Mais tout le trajet du cortège médical et le quartier de la gare sont bouclés par les forces de l'ordre, comme pour le passage d'un chef d'état.

Alors il se rabat sur les images des médias et il sursaute en apercevant des pieds dépassant d'un brancard. Il est convaincu qu'il s'agit de moi :

« Ils n'ont pas dû en transporter beaucoup, des grands comme ça ! se dit-il. C'est Serge ! »

Les images et les reportages m'apprendront ce que j'ai vécu ce jour-là, en ce 10ème jour de coma. Les équipes du SAMU ont pris en charge des dizaines de malades et des TGV ont été prêtés par la SNCF. C'est une prouesse, la première fois dans l'histoire du rail français qu'un train sanitaire entre en fonction. « Un TGV médicalisé, une première en Europe, transportera des malades de Strasbourg et Mulhouse vers des territoires où il y a de la place », a indiqué le ministre de la Santé devant l'Assemblée Nationale.

Cette opération nommée « Chardon » fait régulièrement l'objet d'exercices. La SNCF a 48 heures pour préparer une rame. Transporter à grande vitesse des patients en réanimation comporte de gros risques et le personnel de la SNCF se sent très impliqué face à des patients en grande souffrance. Toutes les salles de crise sont ouvertes. Des dizaines d'agents se mettent immédiatement en action, à distance, en télétravail, pour organiser l'opération et le plan de sécurité maximale mis en place sur tout le trajet pour que rien n'entrave la bonne marche de l'évacuation. « On n'a pas réfléchi, on nous a dit de venir et on a trouvé important de le faire, disent les techniciens en tenue orange fluo. Cette épidémie nous touche tous, on essaye de contribuer... » Une rame non médicalisée est accouplée à la rame médicalisée, afin de faire face à de possibles aléas. Toutes les équipes sont doublées, des groupes électrogènes sont prévus pour prendre le relais. Des centaines de bouteilles d'oxygène et des civières sont réparties dans les voitures qui se transforment en unités de réanimation. Des plans B et même des plans C permettent de parer à toute éventualité. Des trains balais passent devant, sur tout le parcours. Une rame de tête protège les voitures médicalisées en cas de choc. Les passages à niveau sont sécurisés par les gendarmes, en bout de parcours, quand le train rejoint le réseau classique.

Chaque voiture embarque quatre patients avec une équipe médicale constituée d'un médecin anesthésiste réanimateur, d'un interne, d'un infirmier anesthésiste et de trois infirmiers. Environ 50 soignants et logisticiens participent au voyage.

8 heures 30 le jeudi 26 mars, les ambulances escortées par les motards de la Police Nationale forment un cortège bouleversant qui traverse les rues désertes de Strasbourg confinée depuis 9 jours. Elles arrivent sur les quais de la gare où les équipes soignantes sont à pied d'œuvre. Les patients sont hissés à bord du TGV sur des civières portées à bout de bras.

Des soignants avancent très lentement dans l'allée étroite de la voiture en portant sur leur tête un malade enveloppé dans un drap blanc, placé dans une coque d'où dépassent des tuyaux et des tubes. Des écrans sont posés çà et là autour d'eux, et on aperçoit un pied, des cheveux, des pansements qui maintiennent des perfusions.

« Y a plus de sécurité au niveau du tube, attention... prévient un médecin.

- Ok, vous donnez des ordres à la tête pour le rythme, indique une femme à l'avant. C'est super ce que vous faites ! On continue doucement comme ça. »

Pour ce premier transfert de patients, la voiture du TGV conserve ses sièges sur le haut desquels les civières sont installées avec précaution. Médecins et infirmières s'affairent pour tout vérifier autour de chaque patient.

En gare d'Angers puis de Nantes, les soignants attendent devant les cinq voitures, de manière à transborder simultanément et le plus rapidement possible, dix patients en même temps.

Comme le dit très justement Marceau, la personne qui a décidé de déplacer en train des malades dans le coma mérite la Légion d'honneur. Il fallait avoir le courage de le faire ! Et c'est le cœur gonflé d'émotion et de gratitude, que je visionne après coup les images. Toutes ces personnes mobilisées pour nous sauver, ce don de soi pour autrui. L'arrivée de convois de malades évacués ont même été applaudis par des habitants à leur passage !

Mais bien sûr, placé en coma artificiel, je n'ai rien vu de tout cela.

À 20 heures, Cat reçoit un appel avec un indicatif « 02 ». « Fini, les 03 88 », se dit-elle, avant d'écouter, soulagée, une infirmière annoncer :

« Voilà… votre mari est bien arrivé.

- Arrivé où ?

- Eh bien à Nantes !

- Très bien, merci ! »

C'est incroyable. Au-delà du choc, de l'attente, de l'angoisse à l'idée que je puisse être obligé de quitter le train à Angers, de l'impuissance criante de cette situation qui peut chambouler toute sa vie, Cat ne prend que la partie positive de cette nouvelle péripétie : « C'est hyper positif, il est à Nantes, il va bien, ça va le faire ! » informe-telle son entourage qui attend des nouvelles.

Ma grande carcasse, mes pieds et moi sont à bon port, même si je ne peux pas l'affirmer… je ne sens et ne perçois rien. Mes proches peuvent souffler un peu et blaguer : « D'habitude, les sièges sont trop petits pour lui. Et là, il a fait le voyage couché, c'est royal ! Il n'aura même pas mal aux jambes… » En plus de créer un lien de solidarité entre amis, l'humour et la dérision sont des armes contre la déprime !

Tenir bon…

« Madame Reeg ? C'est l'hôpital de Hautepierre à l'appareil, nous avons ici les affaires de votre mari qui est parti pour Nantes. Il faudrait les récupérer. On les a mises dans un sac. Il faudra les garder six semaines quelque part chez vous sans y toucher et les laver ensuite, avec une lessive très…
- Vous savez quoi ? propose Cat. Jetez-les. Des vieilles chaussures, un jean, un tee-shirt… bon débarras.
- Et ses lunettes, son téléphone ?
- Je viendrai les chercher quand il sortira du coma. »
Je parle beaucoup de moi ici, quoi de plus normal, pour vous raconter mon histoire. Mais c'est Cat qui mérite une médaille. En mon absence, en plus de veiller sur les enfants et Maman, de mettre en route mon dossier médical, ce qui est complexe et long, elle gère mon entreprise de peinture, alors qu'elle n'a jamais eu à le faire jusque-là.
Le lundi qui suit mon départ, elle entre dans mon bureau où, juste avant le confinement généralisé, j'avais entrepris de classer les papiers. Il y a un tas sur une chaise, un autre sur le bureau, un troisième dans le coin, des tas que j'ai créés en toute connaissance de cause, à ma façon. Cat est perplexe. « Par quoi je commence ? » se demande-t-elle. Elle décide

de trier entre professionnel et personnel, crée des pochettes, range et classe, avant d'appeler le comptable. Première question : « C'est qui le comptable ? » Elle trouve une adresse mail, fait appel à ses amies qui connaissent bien les démarches à entreprendre. L'une monte le dossier de chômage partiel pour les employés, l'autre conseille de l'envoyer tandis qu'elle appuiera la demande par un courrier. Les chantiers sont arrêtés et mes salariés demandent régulièrement des nouvelles de leur patron. Le 31 mars, les deux employés s'inquiètent néanmoins :
« Comment ça se passe pour les salaires ?
- Ah oui, bonne question ! » embraye Catherine avec humour, avant de contacter le comptable.
Le lendemain, les employés reçoivent leur chèque. Mais ce n'est pas tout, il faut prendre des dispositions sanitaires, trouver le matériel pour protéger les peintres, éditer les factures, payer les fournisseurs. Soutenir quelqu'un dans l'adversité peut se manifester de façon simple : en ne causant pas le moindre souci à celle qui affronte des aléas. Et nous avons beaucoup de soutien, à tous les étages de mon activité professionnelle ! Cat remplit des tonnes de paperasserie, en cherchant ce dont elle a besoin dans des dossiers pour repousser les charges et les frais des caisses, ce qui nécessite un code qu'elle met des jours à trouver.

N'ayant pas la main sur l'autorisation de virement qui est sur mon smartphone resté au CHU de Hautepierre, elle prévient les fournisseurs qui rassurent : ils attendront mon retour. Tous sont remarquables de compréhension. En prévision de la reprise, il faut aussi mettre en place les normes COVID dans les voitures et les entrepôts, acheter masques, gants, gel hydro-alcoolique, afficher les recommandations et les règles qui changent à mesure que l'épidémie avance ou se stabilise plus ou moins… Tous les deux jours, elle passe une matinée dans mon bureau. Sa force est de ne pas tenir compte des « si » qui empêchent d'avancer… et à chaque problème, elle cherche une solution, parce qu'il y en a forcément une ! Alors autant s'y mettre et éviter de râler ! Cette façon de penser n'a jamais été aussi utile !

« Tenir la position ce n'est pas être immobile mais debout », dit-on en temps de guerre. La France entière ou presque est confinée. Cat et les enfants ne sortent pas de la maison. Ils supportent tant bien que mal l'absence d'une vie sociale à laquelle ils sont accoutumés. Romain laisse couler quelques larmes de temps en temps. Baptiste joue à la PS « comme ça j'oublie… » dit-il. Chacun a son propre fonctionnement et il n'y en a pas un qui serait mieux ou moins bien qu'un autre.

Cat leur demande simplement de faire les devoirs envoyés via les réseaux par leurs professeurs.

Leur solitude est atténuée par la grâce des outils numériques qui permettent d'entendre et aussi de voir leurs proches.

Et puis, très vite, Cat reçoit des messages pour demander de mes nouvelles, encourager, soutenir, aider. Beaucoup n'osent pas appeler. Ils ne veulent pas déranger. Peut-être auraient-ils du mal à trouver les mots ? Alors ils envoient un SMS. Parmi eux il y a même des gens que j'ai perdus de vue, comme cet ancien joueur de basket qui vit désormais à Wallis et Futuna. Quand Cat lit sa lettre, elle en pleure.

« Le soutien ne me concerne pas directement, c'est pour papa. Et c'est très important parce que tu ne te bats plus seulement pour t'en sortir et pour ta famille, mais aussi pour tous les gens autour. Et tu te rends compte qu'il y a plein de gens qui t'aiment » explique Baptiste qui découvre l'empathie, l'affection, la disponibilité et la générosité inébranlables des proches et des amis.

Ces mots chaleureux d'encouragement et d'amitié touchent mes proches au plus profond de leur cœur. La vie est ainsi faite… c'est au bord de la mort que l'on dit à ses amis qu'on les aime. N'aurait-on pas l'air idiot de l'exprimer dans la vie de tous les jours ? On étudiera la question plus tard…

En attendant, Baptiste, Romain et Cat passent de plus en plus de temps ensemble. Ils font des parties d'UNO, cuisinent et jardinent tous les trois. Et tous les jours, Baptiste interrompt ses activités, juste pour cinq minutes. « Je ne le disais pas à maman, mais pendant cette pause, je pensais à papa, au passé, au futur, à des jours meilleurs. Ça ne me rendait pas triste. Au contraire, ça me faisait du bien… »

Espoir et montagnes russes…

Le 28 mars, Catherine écrit dans son carnet : « Plus d'antibio, baisse de la sédation, plus de fièvre. Il est toutefois très agité. » Et alors qu'il est raisonnable de penser que tout va bien se passer, la situation se complique.

Le dimanche 29 mars : « Serge fait une embolie pulmonaire et une nouvelle bactérie fait son apparition, sans doute à cause de l'intubation. Mon moral chute. Je suis mal. »

Est-il question que je n'y survive pas ? C'est un médecin qui a appelé Cat cette fois-ci. Ce n'est pas bon signe. Il dit : « C'est compliqué… » Il ne faut pas paniquer mais dire une forme de vérité, prévenir en amont la famille de la réalité, avec l'immense difficulté de la méconnaissance des réactions de ce virus, nouveau et donc totalement imprévisible.

C'est un coup terrible, le seul moment où le doute est permis sur mes chances de m'en sortir. Pour la première fois, Cat craque et demande à Marceau de prévenir Maman. Elle n'y arrive pas, persuadée qu'elle ne trouverait pas les mots pour informer et rassurer en même temps. Heureusement, elle parvient à l'exprimer. Marceau comprend : « Tu gères les enfants, je gère ma mère… » propose-t-il.

Les mots que les enfants entendent sont ceux « d'un autre monde, comme si c'était un film qui se passe dans un hôpital. Ce n'est pas tous les jours qu'on a à parler de quelqu'un qui est entre la vie et la mort ! » analyse mon aîné.

Baptiste n'a pas de sombres pensées. Il veut se montrer positif. Et pour le rester, il n'écoute que d'une oreille les explications de sa maman, et plus cela devient médical et technique, plus il se déconnecte. Il a même l'impression que les mots ne le touchent pas. Par l'école, il a quelques connaissances de ce dont il s'agit. Il prend donc le minimum des informations dont il a besoin, en conclut qu'il ne peut rien faire pour moi et remonte dans sa chambre, passe à autre chose. En savoir plus pourrait faire naître des craintes qu'il noie dans le sport, la console de jeu et les travaux sur le muret du jardin.

Très sensible, Romain écoute les détails et se montre plus exposé à l'anxiété. Parfois il est au bord du gouffre. Ils sont tous tétanisés. « Il faut qu'il passe la nuit », scande Marceau. Mais que c'est long 24 heures ! Et voilà que les médecins parlent d'attendre deux jours pour juger de ma réaction aux antibiotiques. Attendre. Encore…

Prévenue, ma belle-mère fond en larmes. « Tu ne vas pas flancher ! C'est maintenant qu'il faut être forte ! Ils ne connaissent pas le COVID, mais l'embolie, ils savent comment la soigner. Demain il ira mieux... » lui lance aussitôt Cat qui lui trouve un dérivatif : « Toi qui sais coudre, tu pourrais faire des masques... » Le lendemain ma belle-mère a étudié les normes Afnor sur Internet et se met à la fabrication de masques pour la moitié de son village qui se mobilise pour la fournir en tissu et en élastiques.

Derrière son talent pour agir, Cat cache cependant une profonde détresse. « Le cœur, les poumons, comment il va tenir ? Comment son corps va résister à tout ça ? » Une amie infirmière lui conseille de poser telle ou telle question. Mais parfois, elle préfère se contenter de ce qu'elle a envie d'entendre, sans s'acharner à comprendre les détails techniques et les mots qu'elle ne connaît pas.

Marilyn contacte l'un de ses amis médecin qui avoue que c'est très inquiétant.... Mais elle ne dit rien à son amie à laquelle elle parle au téléphone plusieurs fois par jour. Les pensées et les paroles doivent rester positives, même quand cela paraît impossible !

« Tu veux que je vienne ? demande-t-elle à Cat.

- Tu ne peux pas, on est confinés !

- Je vais me débrouiller pour avoir une autorisation.

- Non, on a parlé, je me sens mieux... »

Moi je me bats, grâce aux médecins qui traitent les complications à mesure qu'elles surgissent. Et parfois je les alerte. Quand le goitre provoqué par le virus sur ma glotte m'empêche de respirer, j'ai le réflexe et la force d'arracher les tubes. Mon instinct de survie me sauve ! Je veux vivre…

On repart avec sept jours d'antibiotiques. À Marlenheim, on se permet de respirer un peu, avec prudence et toujours cette idée qui tourne en boucle au téléphone, sur Skype et WhatsApp : « Serge va s'en sortir ! » Comme un mantra doté de son propre pouvoir.

« Serge se bat, note Cat qui reprend espoir et courage. Je me remotive. Il faut encore être patiente mais je reste persuadée que l'issue sera positive. »

L'humilité et le courage…

1er avril : « Serge n'est plus sous sédation. Le CHU me demande des informations sur lui, ses goûts musicaux, des photos de sa famille, ses amis, ses hobbies… J'ai l'impression que le bout du tunnel est proche. »

Une infirmière explique :

« On lui parle… Si vous mettez les prénoms sur les photos que vous m'envoyez, je les lui dirai. C'est pour voir comment il réagit, pour le mettre à l'aise, en parlant de ses proches, de la musique qu'il aime, de son travail, etc. »

Le même jour, l'équipe soignante reçoit un mail avec tout ce qu'il faut pour éveiller ma conscience en douceur :

« Tout d'abord, je vous remercie pour votre bienveillance et pour le travail exceptionnel que vous et l'ensemble de l'équipe faites pour mon mari, Serge Reeg.

Merci de lui dire que les enfants (Baptiste 14 ans et Romains 12 ans) ainsi que sa maman (Odile) et moi-même (Catherine) allons bien. Il en est de même pour les autres membres de sa famille et nos amis. Nous pensons très fort à lui. Serge est patron d'une entreprise familiale de peinture et décoration. Là aussi, tout va bien, je fais le nécessaire et tout se passe bien.

Comme convenu, voici quelques indices sur ses goûts musicaux

Queen We are the champions, Another one bits the dust, Don't stop me now, I want to break free, Radio ga ga, Under pressure avec David Bowie, We will rock you, Patrick Hernandez, l'incontournable Born to be alive, Eddy de Pretto, La fête de trop, ACDC, Highway to hell, Black Eyed peas, I gotta feeling, Daft Punk, One more time et Get lucky, The Weekend, Blinding lights, Phil Collins, Another day in paradise, M, Supercherie.

À la TV, il aime regarder Affaire conclue. Il adore les marchés aux puces. Il est fan de basket. Ancien joueur amateur, il supporte l'équipe de Strasbourg (SIG) depuis plus de 30 ans et bien sûr Fufu[3] où les enfants jouent aussi au basket. Moi je travaille au service commercial de l'hôtel Sofitel à Strasbourg. Qu'il ne s'inquiète pas, l'hôtel est fermé. Je suis avec les enfants, nous sommes confinés.

En annexe, une photo de nous deux au ski en février 2020 et une autre à la fête de la bière à Munich en septembre 2019, ainsi que des photos des enfants.

Mille mercis pour votre aide !!!! »

---

[3] Fufu : Diminutif de Furdenheim où Serge a joué au basket et où ses enfants jouent aujourd'hui

Sur leurs portraits, les noms de ma femme et de mes enfants sont écrits au feutre. Les basketteurs ont réalisé un photomontage qu'ils envoient à l'infirmière.

Le 2 avril, le personnel soignant fait savoir que je suis touché par les photos. Parfois je suis réactif, parfois non. Mais nous communiquons : « Clignez des yeux si vous avez compris ! » « Serrez ma main, une fois pour oui, deux fois pour non, Monsieur Reeg ! » Je ne me souviens de rien.

Désormais, du côté de Marlenheim, on attend l'extubation avec impatience.

À Nantes, on n'a pas tout dit à Cat, de peur de lui donner de faux espoirs.

Même dans l'Ouest de la France peu touché par l'épidémie, on a besoin de faire de la place en réanimation. Ailleurs, le pays est en plein pic épidémique. Les hôpitaux parisiens n'ont plus une seule place en réanimation. D'autres malades sont acheminés en TGV. L'équipe médicale a changé mon traitement à trois reprises, parce qu'il ne marchait pas. On a essayé de m'extuber, et j'ai mal réagi. C'était trop tôt.

Face à ce virus inconnu, on voudrait tous entendre des certitudes, mais les médecins apprennent en marchant, à tâtons. À l'image de danseurs de tango, ils improvisent leurs pas en suivant le rythme de la musique, deux pas en avant, un pas en arrière, un pas de côté et demi-tour impromptu. Mais pour les médecins, la danse est implacable, macabre parfois. Ils gèrent l'afflux des malades, en souffrance, qu'ils voient trop souvent mourir. Alors ils posent des gestes médicaux et des traitements, dans l'urgence absolue. Ils tâtonnent, expérimentent, échouent, cherchent encore, et traitent au cas par cas les dégâts provoqués par la tempête que le COVID fait subir aux organismes atteints, à chaque fois qu'il s'attaque à un autre organe. Des pistes sont préconisées. Le COVID attaquant les organes sains, provoquant un emballement immunitaire, pourquoi ne pas lui redonner une cible en injectant un virus dans l'organisme du malade ? Les médecins et infirmières, en première ligne, harassés, ne cessent de faire la preuve de leur réactivité, de leurs compétences techniques et humaines.

Le 1er avril, un médecin du CHU prend le temps d'observer mes réactions et d'analyser le potentiel de réussite de mon retour à la conscience. Un coma plus long pourrait laisser des séquelles. Il étudie la balance bénéfice-risque et fait preuve d'un grand courage en lançant à son équipe : « Il faut le sortir du coma. »

Béni soit-il… Sa décision apportera un instant de bonheur intense à Marlenheim. Ma famille sera soulagée, apaisée. Tout s'arrangera…

Décidément, cette épidémie aura révélé beaucoup d'humanité.

Réveil…

J'ai beaucoup dormi, il me semble. Je suis ankylosé, tellement lourd. Une silhouette me parle. Que dit-elle ? « Monsieur Reeg ? Monsieur ? Vous m'entendez ? Serrez ma main si vous m'entendez. »

J'aimerais mieux répondre, moi qui aime tant parler. Cat dit que je parle trop. Cat ? « Serrez ma main, monsieur Reeg » demande encore la voix avec douceur. Ce n'est pas Cat. Bon sang ! Qu'est-ce que j'ai dormi ! Quelque chose m'empêche de parler. Peut-être cette soif atroce qui m'assèche au point de ne pas pouvoir remuer les lèvres. J'essaye de mettre au point le décor autour de moi, mais tout est flou. Et tout me revient… le mal de tête, la fièvre, le coronavirus, l'insuffisance respiratoire, l'ambulance, l'hôpital. On m'avait parlé de me transférer au CHU d'Hautepierre. C'est sûrement là que je suis. Les questions se bousculent, alors que je me sens si faible.

« Vous êtes à l'hôpital, monsieur Reeg, vous avez été dans le coma, dit une nouvelle silhouette, un homme cette fois. Tout va bien. On s'occupe de vous. »

Je tente un geste, poing serré, pouce vers ma bouche. J'ai soif.

« On ne vous comprend pas monsieur Reeg… »

Un stylo et du papier ? Impossible. Mes mains me trahissent, tremblantes, lourdes et inertes.

« Vous ne pouvez pas parler pour le moment, ni boire… à cause du tube dans votre gorge qui vous aide à respirer. On va vous l'enlever, dès que possible. » La soif devient un véritable calvaire. Mon corps est engourdi, mais mon cerveau fonctionne et je ne pense plus qu'à boire, les lèvres douloureuses et sèches, le gosier accaparé par le tube. Cela dure deux jours. C'est long, deux jours de souffrance obsédante.

Je ne réalise pas encore que nous sommes le vendredi 3 avril et que trois semaines de ma vie ont disparu dans l'espace-temps…

Quand le tube est retiré de ma gorge, une idée m'obsède :

« Ma voiture est mal garée. Il faudrait que vous la déplaciez… » dis-je aux infirmières. Mon cerveau a récupéré une information : la semaine qui a suivi ma plongée dans le coma, je devais commencer un nouveau chantier où je savais que j'aurais du mal à garer ma voiture. En me réveillant, j'y étais ! Puis je demande à manger des bananes. Je n'aime pas les bananes.

L'infirmière me rassure et me donne à boire à la petite cuillère.

Le même jour… à Marlenheim Cat reçoit l'appel quotidien de l'hôpital.

« Qu'est-ce que ma collègue vous a dit hier ? veut savoir l'infirmière au bout du fil.

- On m'a dit que c'était pas mal, qu'on essayait de le sortir du coma.

- Mais c'est mieux que ça… Il est sorti du coma et on vient de l'extuber ! »

La libération arrive sans prévenir. Elle attendait tellement ce moment et elle n'est pas préparée ! En effervescence, elle l'annonce à Baptiste et Romain qui réalisent à peine la portée de cette nouvelle, puis elle téléphone à Maman, à Marceau, aux amis. C'est le soir de l'apéro Skype institué tous les vendredis soirs depuis le confinement. Voilà qui tombe bien ! J'imagine la fête qu'ils ont dû faire…

Je suis sauvé.

Cet apéro, Cat s'en souviendra toute sa vie. Ses amis et elle se sont « mis une mine » mémorable, avec chacun au moins une bouteille dans « le cornet », comme on dit en bon français. Le lendemain, aux aurores, elle est debout. Elle a faim. N'a-t-elle pas oublié de manger un vrai repas hier soir ? Probablement.

À 8 heures, le téléphone sonne : « 02… » L'hôpital appelle sans doute pour décider de l'heure de la communication par Skype qui a été proposée hier par l'équipe soignante.

Mais c'est… l'application Skype qui s'ouvre. En nuisette, les cheveux en bataille, effarée, Cat découvre brusquement mon visage ! Je suis couché et une infirmière tient la tablette au-dessus de moi. Mais qu'importe, j'apparais sur l'écran, elle apparaît sur l'écran. Nous nous voyons, enfin ! Je suis fou de joie.

Les enfants dorment encore. Encore en pleine confusion, Cat file les réveiller. Que savent-ils ? Qu'importe… leurs visages encore ensommeillés, saisis par la surprise, sont sous mes yeux et c'est un coup au cœur. Cette fois, c'est concret. Ils comprennent ce que veut dire : « Papa est sorti du coma… » Ceux que j'aime sont là et si loin en même temps.

« J'ai revu papa, c'est ce qui m'a le plus marqué », raconte aujourd'hui Baptiste.

Tandis que j'essaie de retrouver un peu d'humour pour faire bonne figure, malgré l'émotion qui me serre la gorge, je ne peux cacher mon visage émacié et fatigué, mes cheveux longs en bataille. J'ai l'air d'un grand-père. Des larmes et des larmes coulent, pour mon retour à la vie, pour la joie des retrouvailles et pour la détresse de me voir dans cet état.

« J'ai été surpris, confie Baptiste. Maman nous avait dit que papa ne pourrait peut-être pas bien parler tout de suite à la sortie du coma, qu'il serait très fatigué, mais je l'ai vu en forme, clair, lucide. Ça m'a fait plaisir ! C'était d'autant plus beau que je ne voyais que son visage, pas son corps en entier. Je ne l'ai pas trouvé amaigri. D'abord maman lui a parlé. On le laissait terminer ses phrases. Et puis on a pu échanger avec lui, des choses banales, mais importantes, pour qu'il continue, qu'il progresse, qu'il guérisse complètement. »

Les infirmières m'ont pris en photo, souriant malgré tout, et l'image fait le tour de mes plus proches, si émus, qu'ils remarquent à peine les stigmates du coma sur mes traits. Seul mon sourire compte. Je suis de retour parmi les vivants !

Et je vais progressivement comprendre qu'il a beaucoup changé.

« Est-ce que tu es champion de ton niveau ? je demande à Baptiste. Est-ce que la SIG est championne ?

- Quand tout s'est arrêté, on était les meilleurs en attaque et en défense. S'il n'y avait pas eu le confinement, on aurait joué un match au niveau du Grand-Est… Et la SIG, c'est pareil, les matchs sont reportés.

- Le confinement ? »

Pour moi, le monde ne s'est pas arrêté. Je me suis absenté trois semaines... et en plus je me crois à Strasbourg. Alors Baptiste m'explique le confinement, les attestations de déplacement, le principe de rester à la maison, de ne sortir que pour les courses vitales, l'interdiction de s'éloigner de plus d'un kilomètre et plus d'une heure, le port du masque obligatoire. Et c'est appliqué dans le monde entier !

« Il était hyper attentif, se souvient Baptiste. Et puis subitement, il s'est mis à parler alsacien... »

Il faut dire que Romain prend le téléphone et traverse la rue pour montrer l'écran à Maman et mon réflexe alsacien remonte aussitôt à la surface. Comme dit Baptiste : c'est un jour « différent », exceptionnel pour Mamie. Je réalise à peine tout ce qui a pu lui passer par la tête pendant ces semaines, privée de ses occupations habituelles, qui sont nombreuses. Et Cat ? Et les enfants ? Comment ont-il fait ? Quand je visionne les infos, il y a les restrictions, l'économie en berne, le danger de la maladie. Moi je suis entièrement pris en charge, mais ma famille a dû tout affronter et on ne parle que de moi. Mais qu'est-ce que je ferais sans eux ?

Le retour à la vie est donc très intense. Les informations se bousculent dans ma tête et la tempête des émotions prend le dessus la plupart du temps.

Dimanche 5 avril, je sors de réanimation pour être transféré dans un service de soins intensifs, au Confluent, une clinique nantaise.

La communication de crise est derrière nous. Cat n'est plus informée par les équipes soignantes. Est-ce que je suis arrivé en bon état ? Est-ce que j'ai supporté ce changement de service ? Silence radio. Elle n'a que le nom de l'établissement, pas de numéro de téléphone. Quand elle le trouve personne ne répond. Mais pas question de se coucher sans savoir... Alors elle appelle les urgences.

« Mon mari devait être transféré à 17 heures. Il est 21 heures et je n'ai pas d'informations... »

On lui passe gentiment le service où on lui assure que tout va bien. Elle peut alors mettre son téléphone en mode avion et faire ce qu'il faut pour dormir. C'est ce qu'elle a fait depuis le début. Veiller sur son sommeil est vital. Sans cela, elle n'aurait pas pu tenir face au risque de cogitations qui mènent à la déprime et au chaos.

Le retour à la vie…

Au matin du 4 avril, veille du week-end de Pâques, pour la première fois, Catherine sort de la maison pour faire des courses. Sa force est mise à rude épreuve. Hors de la bulle qu'elle a créée depuis le 13 mars, elle ne se sent pas du tout libérée. Il lui semble que le virus rôde partout autour d'elle. Elle désinfecte tout, se lave les mains tout le temps.

Et c'est encore la gentillesse qui la hisse au-dessus de ces contingences. Jean, un ami de Furdenheim, directeur artistique de spectacles en plein air, est au bout du fil. Ancien président du club de basket, il me connaît bien. Il dit souvent de moi : « Bon joueur mais râleur… comme tous les bons joueurs ! » Et comme tous mes amis, il m'appelle Nutz.

Certains pensent que c'est mon prénom. Il faut dire que j'en suis affublé depuis ma petite enfance. À l'école primaire, Monsieur Herzog, l'instituteur que tous les gosses de ma génération ont connu à Marlenheim, avait pour habitude de distribuer des sobriquets. Un jour en classe, il nous a demandé de lui donner des exemples de choses de la vie quotidienne dont le prix augmentait, sans doute pour nous expliquer l'inflation. L'un a répondu le pétrole, l'autre le pain, le troisième la cigarette. En réfléchissant à la question,

j'ai pensé à mon passage à la boulangerie, le matin même, pour m'acheter mon goûter de prédilection. Alors quand est venu mon tour de répondre, j'ai dit : « Justement, je viens de me rendre compte que la barre de Nuts a augmenté ! » Le lendemain, évidemment, Monsieur Herzog m'a lancé : « Nuts au tableau ! » Comme j'étais déjà gourmand et amateur de barres chocolatées aux noisettes, plus personne ne m'a appelé Serge, ce qui rendait mes parents fous ! En chemin, mon surnom a pris un « z ».
« Est-ce que Nutz est là ?
- Mais il s'appelle Serge ! » répétait à mère à mes petits camarades qui me cherchaient.

Quand mon ami Jean apprend par Catherine que Nutz est sorti du coma, il est tellement heureux qu'il veut célébrer l'événement. Mais aucune fête n'est autorisée bien sûr… Alors Jean a une idée : dimanche soir, à 20 heures pile, quand les applaudissements résonneront aux quatre coins de France et de Navarre, il va lancer un feu d'artifice, dans un pré à l'orée de Furdenheim, comme aux heureux temps des rassemblements joyeux des beaux jours. Quelques minutes avant l'heure dite, Catherine envoie un message à Jean : « Il sait que tu tires un feu pour lui ce soir… » Et elle ajoute cette photo qui me montre assis sur mon lit d'hôpital, entouré d'infirmières. Jean pleure de joie et promet : « Je continuerai à tirer des feux d'artifice pour lui jusqu'à son retour. » Puis, gonflé d'optimisme et d'émotion, il envoie dans le ciel des fusées et des pétards en mon honneur, au milieu des applaudissements de ses voisins.

Mais Jean ne tarde pas à se faire remonter les bretelles par la préfecture : « Il faut arrêter ça ! » Sa belle idée, pour généreuse qu'elle soit, a provoqué un attroupement de spectateurs, attirés par le spectacle. « Et je vous rappelle que les rassemblements sont interdits... » ajoute l'autorité préfectorale. Jean fait profil bas. Dimanche prochain, il tirera son feu d'artifice... discrètement, moins haut et avec un peu moins de mortiers.

Le lendemain lundi, on m'apporte un mail envoyé par Cat.
« Je n'y vois rien, fais-je savoir. Je n'ai aucune idée de ce que sont devenues mes lunettes ! »
Le moment pour moi de comprendre qu'on entre en réanimation sans vêtements, papiers, téléphone, carte bancaire et donc... sans lunettes. Aucun objet personnel n'est autorisé dans le monde aseptisé où je reprends doucement conscience.
« Je vais vous le lire si vous voulez... » propose une infirmière.

Même pour lire un message de ma femme, j'ai besoin d'aide.

« Oui, je veux bien, merci.

- Tu progresses chaque jour et cela nous fait chaud au cœur ! commence l'infirmière. Jean a tiré des mortiers pour toi hier soir à 20 heures. C'était magique. Tu auras la vidéo dès que possible mais je suis certaine que tu peux imaginer le spectacle !!

Romain vient de faire une bonne séance d'entraînement au basket. Il ne veut pas avoir l'air ridicule à ton retour !!

Baptiste s'entraîne à la Play.

Faut pas changer une équipe qui gagne !

Encore un peu de patience, on va y arriver.

Je t'aime, à très vite pour de nouvelles aventures ! Signé Cat et les Lustucrus »

L'infirmière est émue. Et moi je pleure à chaudes larmes.

Tous les jours, je peux parler à Catherine. Je suis encore sous l'effet des médicaments et des semaines de coma, mais je suis heureux d'entendre sa voix.

« Je ne comprends pas, je lui dis, les gens qui travaillent ici sont tous de Nantes… et moi je suis à Strasbourg. » Comme elle ne sait pas si on me l'a caché, elle ne dit rien, se contente de m'écouter. Je pose la question autour de moi :

« Mais vous êtes à Nantes monsieur Reeg… » Je me disais aussi que personne n'a l'accent alsacien !

Le troisième jour est effrayant. « Mais qu'est-ce que je fais à Nantes ? » On a beau me l'expliquer une fois de plus, je suis incrédule. Mon cerveau se remet en marche et mes pensées s'emballent. Je sors de trois semaines de coma, ce qui me semble énorme ! Je suis à 900 kilomètres de chez moi où ma femme et mes enfants sont seuls depuis trois semaines à faire face ! Ce qu'ils ont subi me tourmente d'autant plus que je ne peux pas me lever. Même mes bras sont inertes. Je m'acharne à vouloir saisir des objets, en vain.
« Vous pouvez me dire où sont mes chaussures ? Je voudrais me lever !
- Mais vous ne pouvez pas monsieur Reeg.
- Pourquoi ?
- Parce que vous étiez dans le coma, vous vous souvenez ? » J'élude la question. Je ne me souviens de rien depuis l'ambulance dans laquelle j'ai quitté le Nouvel Hôpital Civil pour le CHU de Hautepierre. Plus de son, plus d'images.
« Ok, mais quand je vais pouvoir marcher ?
- On ne peut pas vous le dire pour le moment. »
Je réalise que mon corps ne répond pas. Je ne bouge pas, je n'y arrive pas ! Les questions fusent dans ma tête. Les

conséquences du coma ? Du coronavirus ? C'est passager ? Combien de temps ça va durer ? Et si c'était définitif ? Si je ne retrouvais pas toutes mes capacités ? À ce stade, je me demande si je vais rester paralysé. Et aucun médecin ne peut me le dire. Personne ne le sait. Les infirmières me donnent des informations au compte-goutte pour ne pas me choquer. Je vois mon image et je suis effrayé, cheveux longs, joues creusées, je suis maigre à faire peur et une de mes jambes est très enflée. J'apprends que j'ai perdu 32 kilos et 56% de ma masse musculaire.

« Dans le coma, on perd dix kilos en moyenne par semaine, me dit-on. Donc vous voyez, on peut considérer que c'est normal. »

Histoire d'oublier combien je suis effrayé, parce que rien de tout cela ne me semble « normal », je décide de regarder la télévision pour me distraire. Ma main tremble exagérément et saisir la télécommande exige un effort incroyable. Sur l'écran, je vois des gens en réanimation. On parle de milliers de morts. Le pays est à l'arrêt. L'épidémie en est peut-être à son « pic », mais ce n'est pas certain. Ce serait plutôt un « plateau ». Les commentateurs débattent. On parie sur la fin du pic et la durée du plateau, le lissage de la courbe et la crainte des rebonds. Je coupe le son, mais même les images m'effraient, des villes mortes, des passants contrôlés, des soignants épuisés, des ambulances, des brancards. J'éteins. Et je demande à voir un psy.

Ce sont les deux seuls gestes que je réussis à faire, avant que plus rien ne réponde. Je ne parle plus, je ne peux pas bouger, manger seul, marcher, écrire, lire. Et, dans ces conditions catastrophiques, c'est long une journée ! Que va devenir ma famille si je reste paralysé ? Je vois bien que personne ne s'avance sur l'évolution de mon état. Le personnel soignant n'annonce pas tout de suite aux patients qu'ils ne peuvent ni manger, ni faire leurs besoins ou se laver tout seuls. Il faut y aller progressivement, pour respecter le rythme auquel ils peuvent accepter ou rejeter leur condition.

Alors je suis couché là, on me donne à manger et j'ai une sonde urinaire. Je suis livré aux autres dont je dépends entièrement. J'imagine que cela peut paraître « normal », presque anodin, vu d'ici et maintenant, après ma guérison. Mais ça ne l'est pas. Je n'ai jusqu'ici jamais été hospitalisé. Très vite, une question triviale se pose à moi : comment je fais mes besoins ? Je ne peux pas sonner. Je peux me retenir. Oui, mais combien de temps ? Personne ne peut faire cela indéfiniment. Alors arrive l'inéluctable et surtout l'impensable : je fais mes besoins dans mon lit. Je pourrais pleurer tant l'humiliation est frappante et dégradante.

Personne ne m'a dit que c'est « normal ». Souvent ce qui est normal pour des médecins qui côtoient le pire au quotidien est un monde pour ceux qui n'y sont pas habitués. Quand l'infirmière vient, je lui présente mes excuses, comme un enfant qui a fait une grosse bêtise.

« Mais monsieur Reeg, ne vous faites pas de souci. C'est normal. C'est notre travail et on va arranger ça tout de suite. »

Comment arrange-t-on une chose pareille ? En récupérant mes besoins dans une cavité prévue à cet effet dans le matelas de mon lit. Je suis éberlué. Comment en suis-je arrivé là ? La suite logique est de me laver les fesses ! J'atteins le sommet de l'humiliation. Une infirmière s'en charge, comme si j'étais un bébé. Cinq ou six fois par jour parfois, elle recommence, parce que les médicaments, les perturbations de toutes sortes et le retour à une nourriture solide, tout concourt à la liquidité de mes selles. Je ne pensais pas avoir à étaler cela dans un livre un jour... J'espère pouvoir en rire prochainement avec mes copains. Mais j'en suis loin, surtout quand un infirmier d'1 mètre 90 entre dans ma chambre en disant : « C'est moi qui vais vous laver... » Je me rends compte que c'est encore plus compliqué à accepter avec un homme qu'avec une femme. Mais homme ou femme, ils nettoient mon matelas et me lavent plusieurs fois par jour, avec le sourire et dans la bonne humeur. Merci et bravo ! Cette gentillesse... « Vous savez, on admire le personnel soignant en Alsace qui fait la même chose que nous mais dans un stress terrible ! » ajoutent-ils quand je leur exprime ma reconnaissance.

Au cinquième jour, je commence à bouger mes doigts de pieds... Mais je ne peux toujours pas m'en servir. Cinq jours ! Une éternité !
Par moments, je ressens le vertige de cette situation, de mon état, de ma dépendance et j'ai l'impression qu'elle n'aura pas de fin. Je confie à Cat combien je culpabilise. Elle me rassure, m'encourage, me booste.
« Mais qu'est-ce que je fais là ? Qu'est-ce que je vais devenir ? Et si je ne récupère pas ? Qu'est-ce qu'on va faire ? Pourquoi ça m'arrive à moi ? » Sur le papier, je dois l'accepter et retrouver l'envie de me battre pour me relever. En pratique, c'est plus compliqué. Je traverse toutes sortes de phases, angoisse, impatience, incompréhension, confusion, et finalement l'espoir, toujours l'espoir qui revient.
Je pleure souvent, des heures durant, réalisant subitement ce qui est arrivé. J'ai bien du mal à imaginer ce que ma famille a enduré, la longue attente, les nouvelles quotidiennes, plus

ou moins bonnes, plus ou moins mauvaises. J'ai traversé la maladie sans la vivre, inconscient de tout. Et j'apprends, en vrac, mes 9 jours de coma au CHU de Strasbourg, les 11 jours de coma qui ont suivi à Nantes, la phlébite du bras, puis de la jambe, l'embolie pulmonaire et le virus sur ma glotte qui a triplé de volume, l'arrêt cardiaque qui a suivi le moment où les médecins ont tenté de retirer le respirateur.

Je réalise que Nantes est l'une des villes qui a accueilli des malades du coronavirus, quand les hôpitaux du Grand-Est ont été saturés. La générosité de régions plus ou moins épargnées par la pandémie, en France, mais aussi en Allemagne et en Suisse me touche. Ces médecins et ces infirmières, dissimulés derrière leur équipement de protection prennent des risques pour nous. Ce sont pour moi les premières images d'une solidarité qui n'en est qu'à son début. Parce que, pendant mon coma, mon entourage n'a pas chômé pour soutenir ma femme, mes enfants, ma maman, mon frère… Tant d'événements m'ont échappé durant ces 21 jours de sommeil profond.

« Les humains sortent meilleurs et plus forts de la souffrance et pour progresser en ce monde, il faut subir l'épreuve du feu... »[4]

Je reprends vie mais à la vitesse d'un escargot. Les médecins ne semblent pas inquiets, mais selon moi la situation évolue avec une lenteur lourde à supporter. On me félicite comme un enfant pour des progrès que j'ai du mal à voir concrètement. Je ne marche toujours pas, mes mains sont faibles et maladroites. Le matin, c'est comme si j'avais deux bouts de bois au bout de mes bras. Impossible de rompre un morceau de pain. J'ai perdu plus de 90% de force dans mes doigts. Mes tentatives d'autonomie sont décourageantes. Pendant une heure, je me concentre, je produits des efforts considérables. Et quand un matin, enfin, je parviens à faire bouger mes doigts, j'en suis tout ému.
Mais après avoir crié victoire, la terrible réalité m'assaille à nouveau. J'ai peur d'être désormais une charge pour ma femme et mes enfants, un grand type de plus d'un mètre 90 qui ne peut pas se mettre debout et manger proprement. Mes mains tremblent si fort que la nourriture se retrouve à peu près partout autour de moi, mais pas dans ma bouche. Les

---

[4] Daphné du Maurier dans « Rebecca » 1938

excuses faites aux infirmières qui nettoient mes exploits sont inutiles… elles continuent de sourire gentiment et de me dire que c'est « normal » ! Tenter de manger seul est un long apprentissage de patience et d'humilité. Quand l'infirmière a le dos tourné, je prends le bol de soupe à deux mains, l'une empêchant l'autre de tout faire valser jusqu'au plafond et je parviens à boire quelques gorgées par moi-même. Il n'y a pas de petites conquêtes !

« Aujourd'hui, vous allez vous asseoir, monsieur Reeg ! » m'annonce une infirmière un matin.
Une bonne nouvelle.
« Ah, je vais pouvoir marcher bientôt alors, dis-je aussitôt.
- Nous verrons. Votre cerveau ne comprend plus la verticalité, depuis presque un mois que vous êtes allongé. On va procéder par étapes. »
C'est tout vu. La première étape est impitoyable. M'asseoir est une épreuve. Le lit se transforme en bateau ivre pris dans une mer agitée. Je vais tomber, on me rattrape.
« On essaie encore monsieur Reeg
- Non, vous voyez bien, je me casse la figure !
- Il faut vous exercer, allez… »
Ne pas me décourager est une autre épreuve. Comme ancien compétiteur sportif, je n'aime pas perdre. C'est sans doute

un axe de progrès, mais aussi un amplificateur de mes échecs. Aux yeux des soignants, c'est une phase habituelle. Parce qu'ils me le demandent, je recommence, bascule encore. « C'est bien ! » m'encourage-t-on, alors que je ne réussis qu'à me recoucher avec l'estomac en vrac et complètement désorienté.

« Ne vous inquiétez pas, ça reviendra. Laissez le temps à votre cerveau de réagir. »

Je sais, je dois raisonner et être patient. J'ai l'intention de récupérer le pouvoir sur mon propre cerveau.

« Vous aurez quelques vertiges pendant huit à dix jours, mais dans trois ou quatre jours vous pourrez vous asseoir sur une chaise. »

Trois ou quatre jours pour m'asseoir sur une chaise ? Et je ne dois pas m'inquiéter ? Si retrouver un geste aussi simple prend plusieurs jours, qu'en sera-t-il de la marche, de la montée sur un échafaudage, de la peinture d'un mur, d'un dribble avec mes garçons ?

Je suis effrayé, à la fois par ce qui arrive et aussi par les trous de mémoire. Je sais que je dois être fort. Mais je suis amputé de mon corps. Et on a beau prêcher la patience, je suis torturé par l'impatience et l'inquiétude. Je voudrais exprimer ce que je ressens, mais les mots se mélangent et m'échappent. Tous mes sens sont en sommeil.

C'est dur et je demande à voir un psy.

« Comment je vais faire si je ne m'en sors pas ? lui demandé-je.

- Ce n'est pas une bonne question, vous allez vous en sortir.

- Je ne serai plus comme avant ! Je le vois bien !

- Vous allez remarcher, mais il faudra un peu de temps. Prenez-le.

- J'ai perdu 30 kilos et j'ai peur de garder des séquelles.

- Écoutez Serge, les infirmières me disent que vous mangez bien.

- Pourtant c'est dégue… pas très bon ! rectifié-je dans un sourire. Mais j'ai trouvé la solution en mangeant deux bols de soupe et un yaourt le soir.

- Et les compléments alimentaires vous aident, je crois.

- Je les prends sans discuter. Certains n'y arrivent pas. Il faut dire que ce n'est pas facile à avaler, il faut aimer le lait. Alors non seulement j'aime le lait, mais en plus je sais qu'il faut que je prenne ces compléments si je veux sortir d'ici ! Alors si je pense au goût et à la consistance, hein, c'est fichu. Je le bois d'un coup et c'est réglé.

La chaleur de l'amitié…

À mesure que je refais surface, je réalise un peu plus l'ampleur des soutiens qui sont arrivés en mon « absence ». Qu'est-ce qui leur a pris à tous ces gens de m'encourager avec autant de chaleur et d'ardeur ? Je suis tellement touché que je n'en reviens toujours pas. Aujourd'hui je sais qu'ils m'ont donné de l'énergie et qu'ils ont donc largement contribué à ma guérison.

Dans ma chambre, au fur et à mesure qu'ils arrivent, les infirmières collent sur le mur, avec des bouts de pansements de scotch, les selfies et photos envoyés par mes proches et parfois par des gens que je connais à peine ou que je n'ai pas vus depuis très longtemps, des quatre coins de la France, de l'Europe et et même du Sud du Pacifique. À côté des portraits de Cat, Baptiste et Romain, des couples, des familles entières, le club de basket. Ils ont posé face à l'objectif de leur smartphone, souriants, serrés les uns contre les autres, mimant un cœur avec leurs doigts, une feuille plus ou moins grande en mains :

« On fera une belle fête quand tu reviens ! »

« Serge on t'♡ , T le meilleur ! »

« Youhouuuuuuuu Serge t'es le plus fort ! »

« Serge Bravo ! On t'attend ! Tu nous manques, à très vite, tu es le meilleur ! »

« Coucou Serge, nous te souhaitons un bon rétablissement ! À bientôt à Fufu, bisous ! »

« Courage et à très vite ! »

« Tout le monde s'entraîne pour ton retour ! »

« Il paraît que tu essayes de retrouver la forme de tes 30 ans ??? Wow, tu m'épateras toujours. »

« Pour toi Serge le meilleur beau-frère que l'on puisse avoir (enfin je précise que je n'en ai qu'un seul) un coucou de Vienne en Autriche ! » écrit Sabine, la sœur de Catherine.

« Nous voilà prêts, on t'attend pour trinquer ! »

« De tout cœur avec vous dans cette épreuve ! »

« Toutes nos ondes positives t'accompagnent dans ta guérison. Nantes c'est bien… mais à bientôt sur les terrains de basket alsaciens. »

« Quel soulagement de te savoir en bonne forme ! Quelle force tu as eue ! Un grand gaillard comme toi ! Quelle histoire ! Trop heureux pour toi et tes proches ! Tu peux être tranquille, tu n'as raté aucun match, mais le plus important tu l'as gagné ! »

« Que d'aventures, tu as traversées ces dernières semaines !!! On espère que ce message te donnera toute la force possible pour nous revenir au plus vite !!! »

« On t'attend Fufu rieusement ! »

Je ne savais pas que j'avais autant d'amis… Jour après jour, leurs messages me remplissent de gratitude et me tirent des larmes. Cat en reçoit tant que la seule solution est de leur faire des réponses groupées.

Les messages sont devant mes yeux, face à mon lit. Ils me regardent et sourient. Les visages heureux de Cat, Baptiste et Romain sont là, photographiés à Saint-Tropez l'été dernier. Est-ce que nous y retournerons ? Moi en fauteuil ? En boitant ? Tous ces gens qui les entourent et pensent à moi. Ce sont eux qui vont me sortir de là. Je ne vais pas me laisser abattre.

Les jours passant, je peux recevoir des coups de fil, mais pas trop. Filtrer messages et contacts exige beaucoup de discernement et de doigté. Et Cat réussit le tour de force de ne vexer personne. Elle anticipe ainsi la façon d'être et de penser des gens. Qui peut m'appeler ? Qui va me faire du bien ? Qui m'en fera moins, involontairement ? Et si elle dit oui à l'un et non à un autre, comment le second va-t-il le prendre ? Ce qui a priori n'a l'air de rien peut devenir explosif et fâcher durablement des amis. C'est de la haute diplomatie. Opération réussie, avec bienveillance et intelligence.

Marceau me dit qu'elle a dû prendre en un mois une dizaine de décisions cruciales, de celles qu'on prend normalement en dix ans ! Lui-même aide énormément, en écoutant, en parlant, en prenant le relais quand c'est nécessaire. Quelle équipe !

Avec le confinement, il est vital de prendre les décisions qui s'imposent, même quand elles ont l'air de contrevenir aux règles. Ainsi, mon frère commande-t-il une tablette via un site marchand sur le Net. Il la fait livrer directement chez l'un de ses amis habitant Nantes. Ce dernier la formate, installe Skype pour que je n'aie qu'à l'utiliser. Malgré le confinement, il se débrouille pour se rendre à l'hôpital et y dépose la tablette. Là, elle est mise de côté pendant trois ou quatre jours pour éviter toute contamination venue de l'extérieur. Mais le réseau Internet est défaillant. Heureusement, je peux tout de même envoyer et recevoir des mails, des photos et des vidéos.

À l'hôpital, le personnel se montre arrangeant quand c'est possible, dans un seul but : la guérison des patients qui ont besoin de beaucoup de soutien pour avancer pas à pas. Car il en faut de l'énergie et du courage pour tout réapprendre. Les envois de ma famille et de mes amis m'en procurent plus encore qu'ils ne peuvent l'imaginer.

Le 5ème hôpital…

On évoque la possibilité de m'envoyer suivre ma rééducation à Strasbourg. Je suis surpris. Je devrais être content à l'idée de rentrer chez moi, mais je sens tout de suite que ma joie est assombrie par quelque chose que je ne comprends pas encore.

« Comment vous vous sentez ici, Serge ?

- Je me sens bien.

- Ok, vous restez avec nous alors.

- Oui, je reste ! »

Les services hospitaliers sont bondés en Alsace. On n'insiste donc pas pour me rapatrier.

Les équipes qui m'entourent sont patientes et persévérantes. Après des dizaines d'essais et des tâtonnements interminables, des rires et des larmes, je remporte une énorme victoire : je peux m'asseoir sur une chaise. Enfin, je ne vais plus passer mes journées couché. Mes doigts bougent un peu, en tremblant, mais pas mes pieds.

La voilà ma victoire qui a l'air d'être partielle, mais croyez bien qu'elle est grande. Grâce à elle, mon transfert vers le centre de réadaptation est possible.

Le 8 avril, je quitte donc les soins intensifs et la clinique du Confluent pour le centre de réadaptation Saint-Jacques qui dépend du CHU de Nantes.

C'est mon cinquième hôpital depuis le 13 mars. Cela n'a l'air de rien peut-être, mais chaque transfert équivaut à un changement de cadre et surtout d'équipe soignante. Or, quand on est en état de faiblesse, on a besoin des repères qui se créent naturellement autour des rituels de la journée, du matin au soir. Heureusement, je tisse assez vite des liens.

À cause des mesures sanitaires, la piscine et les salles de rééducation sont fermées, mais le personnel est connu pour ses compétences. Et il va faire la preuve de ses qualités d'adaptation. Les séances de rééducation auront lieu dans les chambres où il faut inventer de nouvelles façons de procéder.

Ici, on va m'aider à parler, marcher, lire, écrire…

Anita, une ergothérapeute se présente dans ma chambre peu après mon arrivée. Elle est chargée de faire fonctionner mes doigts. François, coach sportif, va s'occuper de mes muscles. Eileen se charge de la kiné respiratoire. Après un décollement de la plèvre, je respire uniquement par le nez. Des exercices de respiration abdominale doivent me permettre d'augmenter mon amplitude respiratoire. Et tout est une question d'entraînement. Quelques jours plus tard, un nouveau défi est devant moi : « Maintenant, on va commencer à marcher… » Je n'attends que ça. Mais c'est un fauteuil roulant qu'on me donne, pour que je travaille d'abord mes mains et mes pieds. Grâce à lui, je peux sortir à l'air libre. C'est la première fois depuis plus d'un mois. Un choc, un peu de vertige, et surtout le plaisir de voir la lumière, de sentir la chaleur du soleil…

Le centre de rééducation est conçu comme l'ancien hôpital civil à Strasbourg, avec des bâtiments classés, en pierre et en grès, enserrés par une enceinte. Il y un parc, des arbres.

Dehors, je croise d'autres malades en fauteuils roulants. Je m'approche d'eux pour faire connaissance. À leur contact, mon regard sur la situation change profondément. Paraplégiques, accidentés de la route, eux ne marcheront plus. Je suis bouleversé par la violence de ce qui leur arrive. Et je réalise que moi je vais remarcher. Chaque morceau de pain que j'arriverai à attraper avec mes mains, chaque heure passée assis sont des progrès, bien minces, mais concrets.

Alors je prends conscience de ces progrès. Ils sont lents certes, mais je commence à bouger mes bras et mes pieds. J'ai repris cinq kilos en une semaine. Et puis je viens de retrouver le goût, en mangeant un petit carré de beurre servi sur mon plateau repas :

« Il y a un problème, dis-je à l'infirmière, le beurre est salé.
- On ne mange que ça à Nantes, m'explique-t-elle. Mais si vous l'avez remarqué, c'est que vous avez retrouvé le goût ! »

Grâce à mon fauteuil roulant, je sors désormais tous les jours. Je suis content de voir les amis que je me suis faits. Un nouveau groupe se joint à nous. Ils sont tous casqués. Bizarre... une sortie vélo ? Non, bien sûr. Ce sont des traumas crâniens obligés de garder le casque jour et nuit. Le moindre choc, même léger, peut leur être fatal. Je suis ébranlé par ce que je découvre du monde de l'hôpital où je n'avais jusqu'ici et par chance jamais eu à mettre les pieds.
Un jour, je dois poser la question qui me taraude. Au milieu des habituels fumeurs qu'on voit devant les hôpitaux, je sens une nette odeur de marijuana. Dans un hôpital ? En causant avec eux, j'apprends que c'est un moyen de supporter leur handicap. Je m'en ouvre aux médecins qui avouent que c'est une plaie, mais ils l'acceptent. L'avenir de ces patients est sombre et difficile. Comment leur interdire de s'évader un peu ? Je me creuse la cervelle pour imaginer comment l'herbe leur parvient, alors que toute visite est interdite !
« Tu sais, Serge, me raconte un patient. Un mois après mon permis, j'ai eu un accident de voiture et je suis resté six mois

à l'hôpital. Peu après ma sortie, j'ai eu un autre accident. Maintenant j'ai 22 ans et je n'ai plus de jambes. J'étais con... »

En face de notre bâtiment se trouve le service psychiatrique dont les patients sortent souvent. J'ai de la peine en découvrant les jeunes filles anorexiques, une quinzaine, et quelques garçons. C'est effrayant. Je ne peux pas m'habituer à la vue de ces enfants dont les jambes sont si maigres. J'en parle à la psychiatre. « C'est dur de dire à quelqu'un qu'il ne marchera plus, me confie cette dernière, mais avec ces jeunes filles c'est encore plus complexe. Elles veulent avoir un corps de rêve, maîtriser leur poids et elles ne parviennent plus à s'arrêter, elles basculent. »

Une idée commence à grandir dans ma tête... Moi, je me plains ? Allons ! Plus question de m'apitoyer sur mon sort.

J'ai punaisé sur le mur la carte postale que maman m'a envoyée : « Bats-toi ! Ne te laisse pas aller ! Tu es sorti du coma et tout va s'arranger... »

Pas à pas…

Ce ne sera pourtant pas très simple. Les exercices mis en place par l'ergothérapeute me ramènent à une réalité très sévère. Au début, mes mains tremblaient, mais maintenant elles sont figées.

« Je n'arrive plus à plier mes doigts ! lui dis-je, très angoissé.
- Ah oui, effectivement… On va travailler là-dessus. »
En fait, les praticiens s'adaptent au fur et à mesure qu'ils découvrent de nouveaux symptômes, réactions et complications du COVID qu'ils ne peuvent pas toujours expliquer. Ils les traitent au cas par cas.
« Dessinez-moi un rond… » demande-t-elle gentiment.
Je me dis : facile. Mais non. Saisir le stylo est toute une histoire. Deux doigts, trois doigts, quatre doigts. Ils sont complètement raides. Et quand enfin je peux tenir le stylo, voilà que je ne sais pas par quel bout commencer pour dessiner un rond… Un rond ! Voyons, réfléchis. Je vois sa forme dans ma tête, mais mes mains ne réussissent pas à l'exécuter. Je n'y arrive pas ! Comment accepter d'avoir à réapprendre ce qu'un enfant acquiert dès l'école maternelle ?
« Allez-y Serge, ça viendra. Il faut vous exercer encore…

- Déjà en temps normal j'ai une écriture de cochon, mais là, ça dépasse tout…

- Mais non, c'est bien, sourit Anita. Allez on recommence…

- Anita, vous avez vu l'âge que j'ai ? Je ne suis quand même pas un bébé !

- Mais Serge, c'est pour retrouver l'usage de vos mains. Je suis là pour ça et à force vous ne tremblerez plus. »

La kiné, Eileen, me fait travailler sans relâche mais en douceur, sans me brusquer mais avec détermination. C'est comme un entraînement de sport, la répétition jusqu'à ce qu'on réussisse.

Le deuxième jour, dans la rigueur du travail, le « tu » arrive spontanément.

« Comme on va se voir tous les jours pendant un mois, on pourrait se tutoyer. Sauf si ça vous dérange…

- Me déranger ? Évidemment que non ! Au contraire… Ces « Monsieur Reeg » tous les jours, tout le temps, ça ne me plaît pas ! »

Cette simplicité renforce la confiance entre nous, rend plus fluides les exercices infantiles que je dois accepter, les encouragements quand il le faut (souvent) et rend possible un peu d'humour. Vue la quantité d'efforts que je dois déployer, j'en ai besoin.

Pour varier, Anita lance un jeu d'encastrement qu'on donne aux petits enfants pour leur éveil, pour travailler sur la reconnaissance des formes, la logique, la coordination entre l'œil et la main. Elle éduque ma force motrice, met à l'épreuve ma faculté à me servir de mes doigts. Quand je réussis à dessiner un rond, c'est la spirale qui m'échappe. À force de m'y remettre tous les jours, j'y arrive et je m'en réjouis, félicité par les thérapeutes, même si je ne retrouve pas le cube.

Mes mains tremblent toujours, mais je parviens quelques jours plus tard à encastrer des ronds, des carrés et des étoiles dans les trous correspondants. Parfois, de retour dans ma chambre, je suis hanté par mes difficultés à retrouver l'usage de mon corps. Et complètement déprimé, peut-être même un peu seul au monde, je pleure, loin des miens.

Mais ils ne sont jamais très loin.

L'après-midi s'achève et Marilyn est au bout du fil.

« Ça va Serge ?

- Oui oui.

- Quoi de neuf ?

- Je sais mettre des pièces en plastique à leur place, enfin presque. Super, hein ?

- Oh dis donc, ça ne va pas fort.

- Mais si, je rigole, tu me connais ! »

Je crois que Marilyn est dotée d'« antennes ». Rien qu'à m'écouter parler, elle détecte les creux de la vague, parfois avant moi et y compris quand je plaisante. Aussitôt elle prévient Cat :

« Aujourd'hui, je trouve que ce n'est pas bien…

- Qu'est-ce qui se passe ?

- Il rit de façon un peu forcée. »

Les deux amies sont de mèche. Cinq minutes après, Cat est au bout du fil :

« Qu'est-ce qui ne va pas ? »

Seules quatre personnes ont « le droit » de m'appeler. Ce choix évite le risque de passer ma journée en ligne. Je n'en ai pas encore la force, ni le temps d'ailleurs. Cat bien sûr. Sa voix, les échos de la maison, de la vie des enfants, de mon village, de mon entreprise, tout ça me rattache à ce que je vais retrouver bientôt. Et je réalise à chaque fois la chance qui est la mienne. Les conversations avec mon frère sont médicales. Il veut savoir, comprendre, ce que je vis, fais, ressens, comment j'avance, mes traitements, mes progrès. Maman est celle que je rassure tous les jours et le son de sa voix me fait du bien.

Elle me rappelle : « Papa nous a quittés il y a douze ans… Perdre son mari est une épreuve terrible. Perdre un fils est impensable ! »

La rééducation est longue, mais je suis très occupé.

Deux semaines après ma sortie du coma, en pleine séance d'ergothérapie, je m'exclame :

« J'arrive à lire !

– Tu veux rire… plaisante Anita, tu connais le texte par cœur.

– Non, je te jure, donne-moi autre chose à lire. »

Du jour au lendemain, je revois de près et de loin. Explication ? Personne n'en a. On pensait que je garderais des problèmes de vue. J'ai vaincu le coma, la perte du goût, la défaillance de mes yeux. À qui le tour ?

Eileen vient trois fois par jour. Je fais des exercices très précis, destinés à refaire mes muscles, bras, avant-bras, biceps, etc. Ces thérapeutes se penchent sur moi, sur mon corps affaibli par la maladie, avec méticulosité et patience, ne cessant de m'encourager, de me reprendre quand j'en ai assez et de me congratuler chaleureusement à chaque tout petit progrès. Il n'y a pas de petit progrès d'ailleurs. Que des grands. Et en voilà encore un grand, dès le lendemain matin…

Le professeur Dauty lance :

« Maintenant Serge, tu vas marcher !

– Mais je ne peux pas !

- Tu marches je te dis ! »

Eileen me pousse, une fois de plus.

« Allez Serge, tu vas y arriver. Je ne te laisse pas tomber, essaye ! »

Mon premier pas est timide. Mais quelle incroyable victoire. Je fais même deux pas. Cinq, six pas ! Je suis tellement content ! Bien sûr, il faut tout de suite que je me repose. Mais je l'ai fait ! Et je lis sur les visages des autres combien c'est important.

« Allez, on recommence ! ordonne aussitôt le professeur.

- Quoi ? Mais non !

- Si ! Allez, tu as déjà fait six pas, tu peux en faire douze… tu sors dans le couloir ! »

Je fais le vide dans ma tête, rassemble toutes mes forces, me concentre sur mon équilibre, donne l'ordre à mon cerveau de m'obéir et je fais quelques mètres. Dans le service, on est content pour moi. Et moi je suis dopé par ce coup d'adrénaline.

« Terminé le fauteuil Serge, on passe au déambulateur. »

Du rêve !

De retour dans ma chambre, les infirmières me félicitent à leur tour pour cet énorme pas. Quand tout le monde sort et que je suis seul, je suis tellement heureux. C'est un grand jour. Il faut que j'appelle Cat pour le lui dire... Mais pas tout de suite. D'abord je fonds en larmes.

Le lendemain matin, c'est tout juste si je parviens à bouger de mon lit, perclus de courbatures. Mes bras et mes jambes sont lourds comme du plomb, mes cuisses sont douloureuses. Les muscles endormis pendant trois semaines se réveillent dans la douleur. Je n'ai pas envie de me lever. Me lever pour quoi ? Pour recommencer les exercices qui vont à nouveau me faire mal ? La mauvaise humeur est de la partie par moments ! J'ai envie de rester dans mon lit et de me reposer.

Dans ce cas, plusieurs choses entrent en jeu. Mon passé de sportif joue en ma faveur, 25 ans de basket, un métier physique qui me fait monter et descendre des échafaudages et des échelles, les entraînements de baskets avec Baptiste et Romain... je suis toujours resté actif. Mes fils, Cat, ma famille... je ne peux pas me laisser aller. Ils ont besoin de moi.

D'ailleurs, depuis que je suis réveillé, dès que j'appelle Cat, Baptiste et Romain veulent me voir. Et mes amis, mes soutiens comptent eux aussi sur moi, avec leurs doigts qui forment des cœurs sur le mur d'images de ma chambre. Tous croient en moi, c'est ce qu'ils disent. Et les soignants qui m'ont lavé, nourri, soulevé depuis des semaines, qui m'encouragent à dépasser la fatigue et les douleurs seraient bien déçus que je cesse de plaisanter avec eux entre deux séances d'exercices. Bon. Je vais me lever finalement. Et je vais sourire. Un quart d'heure plus tard, je plaisante avec l'aide-soignante qui m'apporte le petit déjeuner et je vais mieux.

Au 7ème jour, on me donne des béquilles. En progrès…

« Tu vas marcher avec, mais dehors !

- Super, j'essaye ! »

Rien n'est aussi super que prévu. Je m'emmêle les pinceaux (!) et je risque de tomber.

« Je n'y arrive pas !

- C'est parce que que tu fais des pas trop grands.

- Comment on fait des petits pas quand on mesure un mètre 92 ?

- Ok, alors jette les béquilles ! »

J'hésite un instant.

« Tu plaisantes, là ?

- Non, laisse les béquilles et vas-y ! »

J'hésite. Je vacille. Tout me paraît immense, surtout moi qui suis loin du sol, avec au-dessus de ma tête un plafond que je n'ose regarder et, autour de moi, des murs qui semblent s'éloigner pour me laisser seul dans cet énorme vide menaçant. Mais il faut bien que je remarque un jour. Pas la peine de remettre ça à demain… Je ne pense plus au vertige, je me concentre sur ma volonté, ma combativité et surtout je me dis que je ne tomberai pas ! L'effort est immense, pour mes muscles, pour mon cerveau qui veut me faire chavirer et que je travaille à dominer, pour mes bronches qui ont été touchées. Mais je marche seul, quelques pas épuisants, un petit mètre.

Ce soir-là, il faut que j'en parle à Cat, aux enfants, à Marceau, à Maman, à Marilyn. Je suis heureux, sous l'effet de l'adrénaline de la réussite. Je ris et aussitôt après je ressens de la tristesse, un peu de lassitude. Je ne veux pas montrer cette face sombre de ma guérison à celle qui a tenu les murs debout pendant des semaines à Marlenheim. Elle sait ce qu'il faut savoir d'essentiel : je suis tiré d'affaire. Pour le reste, c'est à moi de jouer !

Le lendemain, il faut confirmer ce succès. Et on peut penser peut-être qu'il n'y a plus qu'à… mais l'atterrissage est un peu différent. Je voudrais tout de suite doubler, tripler mes pas, faire le tour du parc de l'hôpital, mais j'ai besoin d'aide, essoufflé comme un vieil homme au bout de cinq mètres. François me dit que c'est normal, mais je suis déçu.

« Allez Serge, tu reviens de loin ! C'est dur, mais tu vas y arriver. On continue ! »

Tous les jours pendant une heure, je suis dehors avec lui. La rudesse des entraînements de basket ne sont rien à côté de ce que mon corps est contraint de faire pour parcourir quelques mètres. Autour de moi, certains refusent cet état. Ils abandonnent, complètement déprimés par la lenteur de leurs progrès. Mais dans ma tête, il y a toujours les mêmes images de Baptiste et Romain, le ballon de basket, quelques dribbles… panier !

Bon sang que c'est long ! Comme ils me manquent !

Un après-midi, je sonne l'infirmière :

« J'ai un problème, un bourdon revient vers moi tout le temps et je ne peux pas l'attraper !

- Je m'en occupe ! Vous savez, je suis pompier volontaire aussi. Et la règle est de ne jamais tuer. »

Elle monte sur une chaise, tente de saisir délicatement l'insecte, n'y arrive pas, s'y reprend à trois fois et parvient à le faire sortir par la fenêtre.

« Vous savez y faire ! » lui fais-je remarquer reconnaissant mais déconcerté d'être ainsi livré sans défense à n'importe quel incident, avec mes bras et mes jambes qui pèsent encore si lourd.

Ce soir, je ne peux cacher plus longtemps ma peur de ne pas y arriver. Nous pleurons ensemble, Cat et moi, tous les deux si proches mais tellement loin.

Le lendemain, je parcours 100 mètres… Je me fais filmer et je transmets via les réseaux. Les messages de félicitations dépassent tout ce que je pouvais imaginer. C'est énorme ! « Tu es le meilleur ! » « Bravo ! » « Bientôt tu joueras au basket avec nous ! » Romain ma dit qu'il s'entraîne fort pour ne pas avoir l'air ridicule à mon retour. Je ne vais pas les trahir en cédant à je ne sais quelle peur… Je suis surmotivé.

Tout réapprendre...

Ce COVID c'est aussi cela : tout réapprendre. Il ne s'agit pas seulement de passer le cap, d'y survivre et de rentrer chez soi. En quelques jours, on perd beaucoup de ses capacités physiques.

Mon voisin et ami Olivier en fait l'expérience terrible en tombant malade lui aussi. Quand il a eu du mal à respirer, il s'est rendu chez notre médecin généraliste commun qui n'a pas pu lui prescrire la fameuse Chloroquine dont tout le monde débat, uniquement donnée aux patients hospitalisés. Olivier est médecin. Il prend aussitôt la décision de se faire hospitaliser une nuit et obtient ainsi le fameux traitement, avant de rentrer se confiner chez lui. Cinq ou six jours ont passé, et j'apprends que son état s'aggrave. Il a besoin d'oxygène. Il retourne à l'hôpital. Je suis inquiet pour lui. Je sais ce qu'il ressent. Et je sais ce qu'il a apporté à Cat. Malgré son extrême fatigue, il a toujours pris le temps de l'épauler, en lui répétant que je ne mourrais pas, parce que je suis sportif, parce que je suis un battant et que je ne me laisserai pas aller.

Les séances psy me font avancer. Quand des doutes me perturbent ou me donnent envie de tout lâcher. Je m'appuie sur mon tempérament de battant qui refait surface immanquablement.

« Je suis un battant, il faut que ça envoie ! Il y a des choses que je n'aime pas trop, mais je dois les accepter. Si je les refuse, je vais perdre du temps. Et je ne veux pas me plaindre. La nuit, je sais que beaucoup de malades appellent les infirmières, moi jamais.

- Vous êtes tenté de le faire ?

- Oui, mais je gère mon anxiété. J'échange avec mes amis sur la tablette jusque tard le soir.

- Les nuits à l'hôpital sont angoissantes, le silence, la solitude, les pensées qui se bousculent.

- Je me fais des films, je pense à ma femme, à mes enfants, ce qu'ils vivent à la maison… comment ils m'accepteront quand je rentrerai. Alors je dors mal. La journée, je suis plus positif.

- Mais, au niveau mental, tout est en place. Vos tests sont bons. Vous n'avez pas de problèmes de lecture, pas de problème de compréhension. Quand je vous parle, vous me faites des réponses sensées. En plus, quand il faut faire du sport, vous le faites. Vous progressez vite. Parmi les patients COVID que je vois, vous êtes celui qui a le plus de pêche.

- C'est que je ne me bats pas que pour moi… Il y a ma femme, mes enfants, ma maman, mes amis, mon entreprise.

Regardez, j'ai 150 messages, mails, WhatsApp, Facebook. Je viens de m'inscrire, juste pour communiquer avec tous ces gens qui m'encouragent. Je suis poussé dans le dos !

- Justement, je pense à un de mes patients qui a eu le COVID, comme vous, et il ne va pas très bien. Vous devriez le rencontrer, vous aurez sûrement des sujets de discussion intéressants… »

C'est comme ça que j'ai la chance de faire la connaissance d'Éric. Nos discussions m'apportent beaucoup.

« J'ai compris pas mal de choses ces dernières semaines, dit-il.

- Moi aussi… »

Et j'apprends qu'il ne pourra plus conduire parce que son cerveau a été légèrement atteint. C'est un choc. Nous avons beaucoup de points communs. Il travaille dans le bâtiment, l'un de ses fils est né le même jour que l'un des miens, on aime la même musique. On parle de nos vies. Éric pense un peu moins à la maladie. Il relâche la pression et déprime moins. Le lendemain, la psychologue me rend visite.

« C'est juste pour vous dire bonjour et… merci.

- Pourquoi merci ?

- Depuis que vous vous êtes parlé, Éric va très bien.

- Super ! Tant mieux.

- Mais ne prenez pas ma place hein ! » ajoute-t-elle en riant.

Je n'ai vu la psychologue que trois fois, mais elle m'a aidé sur quelques questions que je me posais et pour lesquelles je n'étais pas sûr de moi. Il me manquait des pièces pour compléter le puzzle. Elle me les a données. Du coup, tout était en place, sans que je m'en aperçoive tout de suite.

Cette pandémie est historique. Pour l'éradiquer, on a arrêté des pays entiers. On a interdit aux gens de sortir de chez eux, de se rencontrer. Sans les réseaux sociaux, sans Internet, comment aurions-nous tous supporté cette période incroyable ? L'hôpital lui-même n'a pas eu besoin que de soignants compétents et de traitements à trouver, mais aussi de solutions pour permettre aux malades de ne pas glisser dans la dépression et la solitude. Il y aura sans doute des améliorations à apporter aux réseaux de communication à l'avenir. Skype ne fonctionne pas et les mails passent mieux le soir qu'en journée. Si on considère ce qu'apportent ces échanges, il faudra repenser tout cela, à la lumière de ce que nous vivons aujourd'hui.

Le « Serge d'avant »…

Il y a peu de cas de COVID à Nantes mais les normes sont nationales : tapis de marche, vélos, appareils de musculation, sont dans la salle de sport qui est fermée, tout comme la piscine. Alors les séances de kinésithérapie se déroulent dans ma chambre. C'est un peu compliqué. Les kinés n'ont pas le droit d'apporter du matériel de l'extérieur, partent de rien, devant une situation inédite. Eileen utilise donc des bandes médicales que j'étire inlassablement avec mes bras et mes jambes. Et elle n'hésite pas démonter le lit ou une potence de perfusion pour faire une barre de musculation ! L'hôpital est sur le point d'être transféré dans des bâtiments neufs et celui-ci sera démoli.

« Alors on démonte, on démonte ! » plaisante Eileen.

Je soulève la barre de musculation improvisée par séries de dix. La table de lit à roulettes sert aussi. Je pose les mains dessus et je m'étire en avançant, puis je recule, pour muscler mon dos.

Un matériel formidable est disponible en grand nombre dans les couloirs de l'hôpital : les escaliers. Les malades essaient de monter une marche après l'autre et croyez bien que ce n'est pas facile, quand la masse musculaire est très affaiblie et que tenir debout tient de la grosse aventure. L'exercice est très dur. Alors que je suis à la recherche d'une solution, je monte latéralement en pas chassés. C'est un bon exercice de coordination et je n'ai pas le vertige.

« C'est la différence avec les autres convalescents, m'explique le coach. Tu as un bon équilibre sur tes jambes. Ton cerveau a assimilé tes gestes de sportif et ne les a pas complètement perdus. Tu réussis les exercices beaucoup plus vite que les autres. »

Mon métier en revanche a pu me jouer des tours. Quand j'ai commencé, on utilisait encore des produits contenant beaucoup de plomb, qui ont peut-être abîmé mes poumons. Pas mal de peintres ont été touchés.

Quand kiné et coach s'en vont en fin de journée, pour aller plus vite, je poursuis les exercices de musculation, tout seul. Je suis en forme, je veux accélérer le processus. Allez, j'en fais quinze de plus. Quinze de trop… et un muscle déchiré dans la cuisse.

« Mais enfin Serge… me sermonne Eileen. On ne peut plus muscler les jambes et gainer le bas du ventre avant une semaine. »

À tout problème une solution, non ? Alors on se concentre sur les muscles de mes bras toute la semaine. Et un soir, dans la même hâte de guérir, je poursuis le travail après la séance. Déchirure du biceps.

« Mais Serge, c'est pas possible !

- J'en ai juste fait quelques-uns de plus…

- Mais non ! Le soir, il faut t'arrêter. »

Je suis passé par plusieurs phases, la découverte, l'abattement, la colère, l'acceptation, la volonté de m'en sortir, et même l'enthousiasme. Mais il faut avoir une sacrée envie de s'en sortir pour passer ses journées couché, lavé par des mains étrangères, puis assis à mettre des pièces en plastique à leur place, à tracer des ronds et des spirales avec un stylo, debout à s'agripper aux autres pour ne pas tomber, à forcer ses muscles, ses bronches, son cerveau pour tout retrouver, loin des gens qu'on aime.

Avec François, je marche de plus en plus longtemps, mais mon pas est encore loin d'être fluide ! La jambe enflée par la phlébite me fait toujours souffrir par moments, comme l'épanchement pleural qui provoque des douleurs du côté de la cage thoracique, surtout quand je fais un effort intense. Deux cents mètres, cinq cents mètres. Enfin, je peux faire un kilomètre.

Je commence à ressembler au beau Serge d'avant…

« Je ne suis pas content de ma coupe de cheveux ! dis-je un matin à l'infirmière.

- Habituellement des coiffeurs viennent de l'extérieur. Il suffit de prendre rendez-vous, me confie-t-elle. Mais avec le confinement, c'est impossible. Les salons de coiffure sont tous fermés et vous ne pouvez pas recevoir la moindre visite.

- Je comprend bien, mais... Comment faire ? Je ne me supporte plus comme ça ! Ça me tape sur le moral quand je me regarde dans un miroir.

- Bon, convient-elle finalement, vous savez quoi ? Demain, j'apporte ma tondeuse ! »

Mes cheveux sont trop longs et sa tondeuse grille. Elle poursuit aux ciseaux. Je suis un peu loupé, mais je me sens mieux quand même ! J'ai meilleure allure. Et donc meilleur moral ! Dans les couloirs et lors de mes sorties devant l'hôpital, tout le monde m'en fait la remarque. Je suis alors contraint de faire un pieux mensonge. Pour ne pas mettre en difficulté la gentille infirmière qui ne peut pas coiffer tout le service, je prétends que je me suis coupé les cheveux moi-même.

Le moral... la clé de mes progrès, nourris par les soutiens qui continuent à me parvenir. J'ai pu réceptionner des vêtements envoyés par Cat, et aussi mes lunettes et un téléphone, après une décontamination de quelques jours. Un matin, je mets un short et un tee-shirt de basket, à l'effigie du club de Furdenheim. Avec mes bas de contention noirs, j'ai l'air d'un basketteur américain. Amusé, je fais un selfie et je le poste sur Facebook. Aussitôt les « likes » et les messages se multiplient, 130 dans la journée ! Je suis ému, les gens prennent le temps de penser à moi.

Christian, musicien et membre du club, joue un morceau juste pour moi, qu'il poste tous les soirs en vidéo sur la messagerie privée. Marilyn et son mari Éric montent carrément un spectacle à mon intention toutes les semaines. Ils dansent et chantent. Et il leur faut la semaine pour organiser leur show, construire une fausse guitare en carton, une batterie avec des casseroles et des marmites, un tuba avec un seau à glace, du carton et un flexible de douche, créer leurs costumes, régler l'éclairage et la chorégraphie, choisir le morceau de musique et m'offrir un play back incroyable, gonflé d'énergie, d'amitié et un déchaînement de joie communicative.

22 heures 30, un soir comme un autre. On frappe à la porte de ma chambre. « Bonsoir Serge ! Comment ça va ?
- Très bien. Et vous ?

- Bien, je vais vérifier vos constantes. »

Ma chambre est la dernière du couloir. Les infirmières de nuit prennent leur service à 21 heures. Leur première tâche est de prendre les constantes de tous les malades. Quand elles arrivent chez moi, elles peuvent faire une halte, tant que personne ne les appelle. Alors elles s'asseyent et on parle un peu, de la vie, de nos familles.

« Ce soir, j'ai eu un concert de jazz au saxophone sur WhatsApp. Vous voulez l'écouter ?

- Ah mais oui !

- Hier c'était du tuba. Tous les jours, il joue pour moi ! »

Je fais voir aux infirmières les concerts et les sketchs de mes amis. Le feu d'artifice de Furdenheim est une institution du dimanche soir.

C'est un moment clé de la journée qui me permet de m'endormir en paix.

J'ai de la chance, je m'en rends bien compte. Malgré trois semaines de coma, mon cerveau n'est pas abîmé. Je n'ai plus de vertiges. Aux tests de réflexion, de calcul et d'intelligence, j'obtiens la note de 29 sur 30.

Mais laissez-moi vous parler d'une autre de mes plus belles victoires. Nous sommes une quarantaine de malades dans ce service. Dix d'entre nous marchent, les autres sont en fauteuil. Il faut les laver tous les jours. Il fait chaud, il n'y a pas de climatisation. Quel travail !

Observant cela au quotidien, j'ai un objectif : pouvoir dire au personnel soignant : « Je vais me débrouiller, et si ça ne va pas, je vous appelle.

- C'est gentil…

- Non c'est normal, vous avez tellement de travail ! »

C'est un nouveau pas de géant : aller aux toilettes et prendre une douche tout seul. Depuis ma sortie du coma, on me douche dans le fauteuil. Maintenant que je peux à peu près tenir sur mes jambes, je peux marcher jusqu'à la salle de bains, à cent mètres de ma chambre et me laver tout seul. La douche est très sécurisée, avec la possibilité de s'asseoir. C'est même prévu pour recevoir un brancard. Mais moi je peux désormais y aller tout seul et debout. C'est un grand jour. Je dois cependant être prudent. Si je tombe, il me faudra à nouveau de l'aide. Et depuis le début de ma dépendance, je me suis promis de me dépasser dès que ce serait possible, pour faire tout seul ce qui donne tant de travail au personnel. Alors je fredonne sous la douche, je suis heureux. Si heureux que j'y retourne le soir. J'y reste dix minutes. Je ne m'en lasse pas !

Les soignants ne peuvent pas toujours dissimuler leur fatigue face à des patients qui pourraient se laver seul mais ne le font pas. Certains d'entre eux, malheureux, à bout de nerfs, déprimés, en deviennent méchants ou alors trop exigeants, refusant de faire un effort pour ouvrir ou fermer une fenêtre.

Ma gratitude est grande envers le personnel hospitalier qui a pris soin de moi quand je ne pouvais absolument rien faire par moi-même. Leur job n'est pas facile, à côtoyer continuellement des gens qui n'ont plus de pieds, qui sont dialysés, paraplégiques, qui doivent vivre au ralenti, parfois jusqu'à la fin de leur vie. Il faut supporter tout ce malheur, soigner, réconforter, accompagner, encourager, relever ceux qui tombent, les convaincre de recommencer, de manger, de voir le bon côté de la vie.

Et le bon côté de la vie surgit un beau matin, quand mes amis Michèle et Michel m'appellent. Ils tiennent la boucherie de Marlenheim, transmise depuis plusieurs générations, comme c'est le cas de mon entreprise de peinture. Autant dire que nous nous connaissons depuis toujours.

« Serge, bonjour ! Catherine m'a dit qu'on pouvait t'appeler. Voilà, on voudrait vous faire plaisir…

- Nous faire plaisir ?

- Oui, à toi et au personnel soignant. Michèle et moi, on aimerait vous faire parvenir un assortiment de charcuterie.

- Ça alors, c'est gentil ! Mais ça va être compliqué. Théoriquement, dans le contexte, on ne peut pas. D'ailleurs les cuisines de l'hôpital sont fermées, c'est te dire... Pas d'objets, pas de nourriture, rien ne doit entrer.

- Même si je mets tout sous vide et que je fais livrer par camion frigorifique ? »

Je suis tellement touché. Il faut tenter notre chance !

« Bon, je vais me renseigner quand même... Je te tiens au courant. »

J'explique le projet (alléchant) à l'infirmière qui dirige le service. Elle ne dit pas non : « Je vais réfléchir... »

L'image d'un plateau de charcuterie aiguise mon appétit... Parce que, pour être franc, se sustenter avec des compléments alimentaires et du poulet (basquaise), du colin (en sauce), toujours le même menu, assez insipide, est assez déprimant par moments.

Une heure plus tard, l'infirmière chef revient avec un petit sourire entendu :

« Bon, dites à votre ami boucher que c'est d'accord... on ne dira rien à personne. »

Trois jours plus tard, six kilos de charcuterie alsacienne et vingt paires de knacks arrivent par Chronofresh. Michèle et Michel n'ont même pas fait un selfie sur Facebook pour raconter cette histoire. Mais moi je peux vous la raconter.

Après un jour de repos dans les chambres froides de l'hôpital, la charcuterie alsacienne est au menu et c'est la fête à l'hôpital Saint-Jacques de Nantes. Médecins, infirmières, aide-soignantes, patients, tout le monde y a droit. Un moment de pure convivialité dans le chaos de ces mois de pandémie ! On goûte, on s'exclame, on rit et on commente les qualités de la gastronomie alsacienne. Et moi je deviens carrément le chouchou du service ! Parce que, bien sûr, il ne fallait rien dire, mais tout le monde est au courant... Je les vois heureux et je le suis aussi. La pandémie aura fait cela aussi, que je n'oublierai jamais. Et à mesure que je perds mon petit accent alsacien, on vient me voir pour me poser des questions sur l'Alsace, Strasbourg, le marché de Noël.

Dimanche, la semaine suivante. C'est jour de fête... un apéritif est organisé, pour renforcer le moral des troupes, avec comme boisson une douceur locale. Je suis tellement content de boire quelque chose de frais et de festif. Les infirmières continuent à tout faire pour nous retaper, au moral comme au physique.

« J'aimerais bien un peu de sirop pour changer, je dis un jour au moment du plateau repas.

- On n'en a pas... »

Le lendemain :

« Serge ! bonne nouvelle, j'ai trouvé du sirop ! »

Cette ambiance est importante bien sûr, parce que, depuis des semaines, ils sont ma maison, mes confidents, en plus d'être mes médecins et soignants. Je ne suis pas un nom sur un dossier, un numéro de chambre ou de matricule. Ma famille en est aussi heureuse que moi. Elle voit que je progresse.

Reprendre le contrôle…

Déjà un mois que je suis au centre de réadaptation. Lundi matin, le chef de service, accompagné des internes et étudiants, entre dans ma chambre pour la visite hebdomadaire. Ils parlent de mon retour en Alsace, probablement au centre de réadaptation Clemenceau à Strasbourg, avant un retour à la maison. Ça dépendra des places disponibles. Je suis déstabilisé par cette idée. Mais depuis la première fois qu'il en a été question, j'ai réfléchi.
« Je ne veux pas !
- Tu ne veux pas rentrer ?
- Non.
- Mais enfin pourquoi ? demande le professeur.
- J'ai plusieurs raisons. La première est que je me suis mis d'accord avec les médecins de Nantes depuis le début : tant que je ne marche pas correctement, je ne rentre pas, d'autant plus qu'à la maison j'ai deux escaliers à monter et descendre. La deuxième raison est qu'à Strasbourg, ils sont débordés, alors qu'ici vous ne l'êtes pas. La troisième raison est que votre centre de réadaptation est parmi les meilleurs en France. Pour finir, s'il y avait un droit de visite à Strasbourg, je dirais oui tout de suite… mais on sait que non. Ma famille ne pourra pas me rendre visite. »

Le collège de médecins réunis dans ma chambre insiste, avec l'autorité de leur fonction et la force du nombre. Mais je ne cède pas. Je vais être une charge pour ma famille et pour la Sécurité sociale avec les allers-retours en VSL tous les jours, tout cela en plein confinement… Non !

« Je rentrerai quand j'aurai terminé ma rééducation ! »

Quand j'y pense, je crois pouvoir dire que la forme revient… puisque j'ai récupéré le contrôle sur ma propre vie.

« Bon. Je vais informer le médecin coordonateur des rapatriements. »

Le lendemain matin, ce dernier m'appelle. Je le connais. Il habite Marlenheim. Ancien médecin anesthésiste réanimateur aux Hôpitaux Universitaires de Strasbourg, il est retraité et reprend du service pendant cette crise pour coordonner le retour des patients COVID qui ont été « exfiltrés » vers des zones vertes.

« Pourquoi tu ne veux pas rentrer, Serge ? » me demande-t-il.

Je réitère mes explications, d'autant plus fermement que j'ai eu le temps d'y penser et d'en discuter avec mes proches depuis la veille. Il est question de me laisser, dans ce cas, rentrer par mes propres moyens. Qu'à cela ne tienne, je suis certain de trouver des amis pour venir me chercher. Mais on se ravise aussitôt. Le SAMU du Bas-Rhin gèrera mon rapatriement.

On commence donc à parler de mon retour.

Les progrès sont rapides ou lents, selon mon humeur. Il m'aura fallu dix jours pour m'asseoir, écrire et manger seul, à mesure que mes tremblements se sont calmés. Surtout, les journées sont très rythmées. Réveil à 6 heures du matin pour vérifier les constantes, la température, la tension artérielle, petit déjeuner. À 8 heures, kinésithérapie, repas, ergothérapie. Je termine à 16 heures. Une petite sieste plus tard, un peu de marche à l'extérieur, un café avec les copains, les appels téléphoniques et pas mal de courrier le soir, après mes deux bols de soupe et mon yaourt, quand le réseau Internet se porte moins mal.

Aujourd'hui je croise des malades qui ne marchent toujours pas, six mois après l'attaque du coronavirus, ou qui ne parlent pas bien, ou perdent leurs idées en route. Et ce sont des gens qui ne sont pas forcément plus âgés que moi. La santé de mon ami Olivier s'améliore lentement, mais il garde une fatigue éprouvante au quotidien. Je mesure ma chance, tous les jours un peu plus.

Ma demande de sortie pour faire un achat ou deux, histoire de récupérer une petite autonomie, au-delà de la possibilité de faire le tour du parc, est rejetée ! Il faut dire que depuis l'épisode gastronomique alsacien, ma gourmandise se rappelle à mon bon souvenir. Mon ami nantais propose ses services : « Si tu as besoin de quelque chose, dis-le moi… » Une idée me vient tout de suite en tête : des Pim's, génoise, fruits et coque de chocolat, j'en rêve ! Mais les règles sont formelles et il faut les respecter cette fois. Un tract nous informe qu'il est interdit de faire entrer de la nourriture de l'extérieur, même en boîte. L'interdiction concerne aussi le bricolage, le tricot, la peinture…

Dehors, les gens nettoient les objets qu'ils achètent, avec de l'eau de javel diluée ou alors ils les laissent reposer plusieurs jours. Ces objets ont été manipulés pour être transportés et mis en rayon. S'ils ont été touchés par des personnes malades et asymptotiques, donc des malades qui s'ignorent, ces objets peuvent, si on les touche et qu'on se touche le visage ensuite, transmettre le virus. C'est fou quand on y pense ! Tout ce qui est dehors, hors de l'hôpital mais aussi hors de sa maison, ressemble à une menace. Les autres aussi.

À l'hôpital, les distributeurs de friandises, barres de céréales et autres douceurs sont condamnés, pour éviter la manipulation de pièces de monnaie qui pourraient être contaminées. Mais depuis deux jours, ils sont à nouveau ouverts, alors que des médecins pensent qu'il y a peu de risque finalement de tomber malade de cette façon, tout en recommandant de se laver les mains après avoir manipulé tout objet. Et pour la monnaie, le problème est réglé : la machine ne la rend pas ! Cette machine est le rendez-vous des gourmands. Et je crois que nous le sommes tous, après tant de restrictions.

« Serge tu parles trop ! » me dit-on souvent et j'en suis conscient. Un trait de mon caractère qui m'a permis de me faire beaucoup de copains entre les murs de l'hôpital. Les malades et les soignants sont même devenus une deuxième famille. Mais j'ai maintenant hâte de rentrer chez moi, de retrouver Cat, les enfants, ma famille et mes amis, la vie, mon entreprise et les rues de mon village où je connais tout le monde. Et chaque geste que je reconquiers est une victoire qui me rapproche d'eux.

Je fais désormais des grands tours dans le parc et les allées du centre de rééducation, parfois jusqu'à un kilomètre. Pourtant, je ne respire pas très bien, j'ai toujours mal, notamment à une jambe, mes pieds restent insensibles et mes mains affaiblies. Même si j'ai récupéré un peu de force, elles sont mon point faible, mais je vais les récupérer, j'en suis convaincu. J'en ai besoin pour reprendre mon travail. Et reprendre mon travail fera partie de ma guérison totale.

Je me tiens éloigné des infos de la télé, du sensationnalisme et des débats sans fin. Il ne faut pas minimiser la catastrophe. Je suis bien placé pour dire que ce n'est pas une grippette contractée par des personnes fragiles de plus de 80 ans. Mais moi je veux me focaliser sur l'avenir, sur la vie qui doit reprendre, sur les soins formidables qu'on me prodigue, sur mes proches, sur l'espoir. Le monde d'après dont certains parlent beaucoup, c'est celui-là pour moi, m'appuyer sur les gens que j'aime, sur tous ceux qui m'ont donné des signes d'amitié d'une force incroyable, sur tout ce que j'ai appris en côtoyant des malades qui ne guériront pas, des handicapés, des soignants mobilisés jour et nuit avec le talent et le sourire, sur mon pays qui a aidé « quoi qu'il en coûte » et que je veux participer à reconstruire. Je réalise que la vie est fragile, mais elle vient de me donner une occasion unique de vivre plus intensément encore, en retrouvant ma vie là où je l'ai laissée le 13 mars dernier.

Les gens qui me soutiennent ont respecté la consigne de ne pas appeler pour ne pas me fatiguer. Mais avec le temps, leurs messages, leurs vidéos, c'est moi qui ressens le besoin de leur parler. On discute des heures. On pleure ensemble. Je veux me dépasser, dépasser les douleurs et la fatigue, pour leur montrer que leur soutien a servi à quelque chose.

« Ça va être difficile Serge, me dit parfois le coach, avant un exercice.

- Ça ne fait rien. J'irai jusqu'au bout ! Ils comptent tous sur moi, ils veulent que je revienne. »

La maladie comme un révélateur… Pour les autres aussi. Dans le chaos des mauvaises nouvelles quotidiennes, ils pouvaient faire quelque chose contre le COVID et pour quelqu'un qui en souffrait, en me disant, même quand j'étais dans le coma : « Peut-être que tu ne peux pas m'entendre, mais j'ai envie de te le dire ! »

Le moment de rentrer n'est plus très loin… Je commence à me sentir fébrile. Cat perd patience. Vendredi dernier elle a avoué à une copine qu'elle n'en pouvait plus.

« Je n'ai vu personne depuis deux mois.

- Mais viens à la maison, il fait beau, on restera dehors ! »

Rapatriement à tire-d'aile…

Lundi 11 mai, le matin. Toute la France se déconfine. Il pleut.

« Serge, ton rapatriement est prévu pour vendredi. On cherche encore par quel moyen tu vas rentrer. »

Il est question de TGV, d'ambulance…

Dans un coin de ma tête, flotte l'idée que je quitte le cocon de l'hôpital, ces gens aux petits soins que je ne reverrai probablement jamais, pour retourner dans le monde du dehors, et surtout parmi les gens que j'aime, juste au moment où la vie reprendra presque partout. C'est un peu vertigineux. J'appelle immédiatement Cat pour annoncer la bonne nouvelle !

Je ne le sais pas, mais elle commence à songer à un accueil festif, en parle aux enfants, à la famille, aux amis. « On a un peu de temps jusqu'à vendredi… » dit-elle aux uns et aux autres.

J'ai envie de laisser une contribution dans la cagnotte du service, mais je n'ai pas un sou d'argent liquide sur moi. J'explique mon problème à Eileen.

« Je peux te donner ma carte bancaire, si tu peux faire un saut jusqu'au distributeur.

- Il faut que j'y aille moi aussi. Viens avec moi, on y va ensemble. »

Et nous voilà équipés de masques et de gants, sortant par une porte dérobée. La banque est à deux pas…

Pendant ce temps, à Nantes, l'équipe apprend qu'un jet rapatrie un malade à Mulhouse, au départ de Toulouse, demain mardi. Aussitôt, l'organisation montre une fois de plus ses talents. Si le jet fait escale à Nantes, il peut m'embarquer et faire une première halte à Strasbourg.

Lundi 11 mai à 18 heures.

« Serge, finalement, tu pars demain, en jet privé…

- De… demain ? Un jet privé ? »

Je bégaye de surprise.

« Oui, des entreprises en mettent à disposition pour rapatrier des patients, avec l'appui d'association de pilotes. Et ils te récupèrent demain matin à 11 heures. »

On pensait avoir cinq jours pour réaliser tous les tests avant ma sortie : prise de sang, radio des poumons, test de marche, de respiration. Entre deux examens, j'appelle Cat :

« Finalement je rentre demain… Je passerai peut-être par le CHU d'Hautepierre, je ne sais pas encore. »

À peine avons-nous raccroché qu'elle sonne le branle-bas de combat : « Serge rentre demain ! » On s'organise. « Je viendrai avec la pancarte que j'ai utilisée pour le selfie, dit une amie. Y a écrit : Serge tu es le meilleur ! Avec un cœur. » « Moi, j'ai une cloche, je l'apporterai » annonce une autre.

Après une nuit un peu agitée par l'émotion, mardi je rassemble mes affaires, cinq tee-shirts, cinq slips... « J'ai un problème, je n'ai pas de valise ! » On me donne un sachet « Visiteur ». Quand je regagne ma chambre, après un test de marche, les brancardiers sont là. Pas le temps de réfléchir. Je n'ai pas pris ma douche et il faut encore signer les papiers de sortie. On ne va pas louper l'avion tout de même !
« Allongez-vous sur le brancard...
- Non, si je sors de l'hôpital c'est que je suis capable de me servir de mes jambes. Je sortirai en marchant.
- Dans l'ambulance, c'est obligatoire.
- D'accord, mais jusque-là, je marche ! »
Dans le couloir, tout est étrangement calme. Pas une infirmière, pas un médecin, personne...
« Ça ne me plaît pas... Je sens que quelque chose se prépare ! » dis-je aux brancardiers.
Ce qui « ne me plaît pas » c'est l'idée de pleurer devant tout le monde. Le sas de sortie du service est devant moi. Juste derrière, il y a l'ascenseur. Mon cœur bat très vite. Je

m'avance et je les entends avant de les voir, les applaudissements et les vivats. Ils sont tous là, tout le personnel soignant. Il ne manque personne. Je franchis une haie d'honneur. « Je ne chialerai pas ! Je ne chialerai pas ! » Je répète ça en boucle. Mais je frime. Et puis je vois Eileen et Anita qui ne sont pas de service ce matin, elles sont venues tout spécialement pour me dire au revoir. Elles pleurent. Devant la porte de l'ascenseur, je m'effondre. Une vraie fontaine !

Énorme, grandiose ! Tous ces gens qui ont pris de leur temps pour me saluer. Ils m'ont déjà tellement donné, en m'accueillant à bras ouverts quand les hôpitaux de Strasbourg ne pouvaient plus suivre. Quelle générosité ! Un patient qui s'en va, c'est triste, après un partage quotidien pendant des semaines. Mais le voir sur ses jambes regagner sa vie est une émouvante victoire, une joie. La partager est une force supplémentaire donnée en partage à chacun d'entre nous. Je n'oublierai jamais ce que l'on a fait pour moi ici…

À l'aéroport de Nantes, je suis le seul passager. Le trafic aérien n'a pas encore repris. En revanche, il y a la douane et la police, auxquelles je présente mon passeport que Cat a eu la bonne idée de m'envoyer. Le personnel est là, parce qu'il y a des vols sanitaires. Je passe le portique de sécurité. Je dois laisser ma bouteille d'eau. « On vous en donnera une à bord… » Sur le tarmac, l'avion m'attend, entouré d'un dispositif impressionnant… pas moins de huit policiers !

Avant que l'avion décolle, un « détail » qui n'en est pas un me revient en mémoire. Hier, en apprenant que je rentrais vendredi, j'ai appelé mon fleuriste : « J'aimerais que tu livres un bouquet de fleurs à ma femme avant que je rentre vendredi matin… C'est important ! » Elle a fait tant de choses par amour, m'a donné tant de preuves d'amour… Je rappelle le fleuriste : « Il y a un problème, c'est pour aujourd'hui les fleurs, je suis dans l'avion… » Il s'en occupe.

Je fais la connaissance de mon camarade de voyage, qui a été hospitalisé à Toulouse. Il n'est pas tout à fait remis.Il ne parvient pas à terminer ses phrases, il dit trois mots, et il bute sur le quatrième. On se raconte nos histoires de patients COVID, de rescapés.

Au cours du vol, le co-pilote observe consciencieusement le pilote en prenant des notes.

« Je crois que le pilote est en apprentissage… » dis-je à mon voisin de siège.

Une heure et demie plus tard, nous entamons la descente vers l'aéroport d'Entzheim. Par le hublot, j'admire avec émotion les plaines alsaciennes. J'ai tellement hâte d'être chez moi. Au moment de se poser sur la piste, l'avion n'est pas stable, il tangue, et roule à toute vitesse en faisant des S sur la piste. L'asphalte défile sous les pneus et on laisse les bâtiments de l'aéroport derrière nous. Heureusement le co-pilote prend les commandes en mains. Il freine, accélère et stoppe enfin notre avion au bout de la piste. Personne ne souffle mot, pendant qu'on fait demi-tour pour rejoindre l'aérogare. Je me passe la main devant les yeux en riant (un peu jaune quand même). Se battre deux mois pour vivre et se planter avec l'avion du retour... Non vraiment !

Avant de descendre, je demande à faire une photo avec le pilote, en souvenir. Je lui glisse :

« Dites, l'atterrissage n'était pas top...

- On a eu beaucoup de chance ! » me répond-il sans autre commentaire.

Cat me dira plus tard qu'elle a pensé : « J'espère qu'il ne va pas se planter en avion ! On serait maudits ! » Mais non, ma bonne étoile a veillé sur moi jusqu'au bout... de la piste !

En descendant la passerelle, de mes poumons affaiblis par les épreuves, je respire enfin l'air de chez moi. Deux gendarmes sont au pied de l'avion.

« Où est le malade ? s'inquiète l'un d'eux.

- C'est moi !

- Ah !? »

Ils attendaient un malade sur un brancard, pas un homme debout. Ils demandent quand même mon passeport. J'ai une drôle d'allure avec mon survêtement gris dans lequel je flotte un peu et mon sachet en plastique à bout de bras pour seul bagage... il ne faudrait pas laisser passer un clandestin ! Passeport en règle, mon retour est validé ! Sur le tarmac, un peu plus loin, une ambulance attend. Deux brancardiers et un médecin s'occupent de moi. Ils m'expliquent que je rentre directement à la maison, sans passer par le CHU, et que je dois m'allonger dans le véhicule.

« Mon téléphone est déchargé et ma femme voudrait que je la prévienne que je suis arrivé. Est-ce que vous pourriez le faire ? demandé-je à une brancardière qui accepte gentiment. Vous comprenez, lui dis-je, elle veut préparer les enfants. Je suis content, ils m'attendent. Vous allez voir, ils seront là à guetter mon arrivée à la fenêtre ! »

À Marlenheim, quand Cat raccroche, elle s'exclame : « Mais je ne suis pas prête ! » avant d'entamer une course contre la montre : « Serge sera là dans un quart d'heure ! » dit-elle à quelques amis et voisins qui laissent tout en plan et se dépêchent.

Si ce quart d'heure est court pour mon comité d'accueil, il me laisse quelques minutes pour songer à ce retour. Ce sera dur. Je ne suis pas complètement remis. J'ai encore beaucoup de travail devant moi pour récupérer physiquement, les nerfs de mes pieds, de mes mains, mon souffle, mes poumons, ma jambe encore enflée… Ce matin, j'ai quitté un cocon de soins, où j'étais protégé comme dans un nid. En sortant de cette ambulance, je devrai rependre ma vie en mains, m'occuper des miens, organiser les chantiers de mon entreprise. Le retour à la vie tant attendu me fait un peu peur.

Les tempêtes émotionnelles…

« On arrive, dit l'ambulancière.

- Je suis sûr que ma femme, mes enfants et ma mère sont devant la maison à m'attendre, dis-je, ne voyant rien de ma position couchée.

- Ah mais non, Monsieur, me répond-elle, c'est carrément tout le village qui vous attend je crois. Vous entendez le bruit qu'ils font ? »

Elle rit, joyeuse et sans doute impressionnée. Et moi j'entends subitement des « hourras », des cloches, des applaudissements. Je me soulève un peu sur le brancard et je les vois. Une onde de bonheur me traverse tout entier. Combien sont-ils ? Quinze ? Vingt ? Mon dieu, mes garçons, ma femme, ma maman, les voisins… Ils font un bruit incroyable. Il y a deux jours encore, tout le pays était confiné. Et les voilà ensemble à m'attendre et à me faire la fête. Après la vague de joie, c'est le ressac ! Je suis saisi par l'angoisse.

« Je ne peux pas sortir, dis-je subitement à l'ambulancier. Je ne sors pas !

- Comment ? Mais si, voyons ! Vous êtes chez vous Monsieur Reeg.

- Je n'ai pas la force ! »

L'ambulancier roule quelques mètres encore, s'arrête un peu plus loin, pour me laisser un peu de temps, voyant que je suis tétanisé. C'est trop d'émotion. J'ai peur. Et puis je pense à ma dignité. Je ne vais pas bien marcher, je suis mal habillé. De quoi j'ai l'air ? D'un clochard !

Baptiste s'attend à revoir un papa un peu diminué, qui ne pourra peut-être pas parler correctement, marcher sans aide, sans tomber de temps en temps. Cat veut filmer avec son portable, mais a oublié ses lunettes à l'intérieur de la maison. Trop tard pour les récupérer.

« Baptiste, tu filmes s'il te plaît !

- Toi alors ! Toujours à la dernière minute ! »

Devant la maison, on est énervé, enflammé, ému, pendant que je me bats avec mes émotions. Je n'ai plus ni bras ni jambes, j'ai le souffle coupé et ce n'est pas le COVID ! Je suis trop bouleversé pour me lever.

« Je ne sais pas... faites quelque chose !

- Il faut sortir Monsieur Reeg. La chance que vous avez... tout ce monde pour vous accueillir. Allez, ça va bien se passer ! »

Ils ont raison bien sûr. Et je finis par sortir, ce qui provoque des exclamations de joie et des applaudissements encore plus forts ! « Bravo Serge ! » « T'es le meilleur ! » « Bienvenue à la maison ! »

« La première chose que je vois, se souvient Baptiste qui se précipite pour prendre son sac, c'est qu'il marche. Il n'est pas aussi « sec » que je le pensais. Une de ses jambes est très maigre et l'autre très enflée. Mais il ne boite pas tant que ça. »

Toute ma vie, je raconterai ce moment. Grâce à eux, j'ai encaissé la douleur, la fatigue, la dépendance, la rééducation, et ils continuent à me soutenir. Pour eux, j'ai dépassé la maladie, le choc, les contrecoups, la solitude, le découragement, les séquelles et je suis perdu, ne sachant que dire et comment réagir. L'émotion me submerge. Je m'effondre, pas physiquement, mais psychiquement. Je vois Cat, mais je passe à côté, me détourne, ne sachant plus où regarder, et quand je la découvre devant moi, je lui dis : « Tu as changé de couleur de cheveux ? » En larmes, Maman manque de faire un malaise en me voyant, sous le coup de l'émotion, après deux mois d'attente angoissante, claquemurée chez elle, rivée aux informations. Catastrophe ! Je craque. Ce n'est pas comme dans les films, le travelling, les images au ralenti, le timing parfait. Dans la réalité, l'émotion n'est pas toujours jolie à regarder et à vivre. Quand elle déborde, elle nous donne l'air un peu idiot et nous empêche de prendre les événements dans l'ordre, de profiter d'un moment extraordinaire de partage, de bienveillance et d'amour. Ce moment passe en accéléré, je ne me souviens pas vraiment de ces quelques minutes qui devraient être formidables. Elles le sont, parce qu'ils sont tous là. Bon sang ! Mais quel bonheur, quelle intensité. Je n'en reviens toujours pas d'avoir suscité tout cela. Noyé sous une vague de sentiments si forts, j'ai l'air de me montrer ingrat, alors que je suis simplement débordé.

« Merci ! Mais excusez-moi, je vous laisse. Je crois que je dois m'asseoir. Je vous remercierai tous plus tard… »

Les amis repartent. Ils comprennent que nous avons besoin d'être seuls. Alors on rentre et on s'assoit tous les quatre. J'avais rêvé de ce moment… Il n'y a plus qu'à reprendre la vie là où je l'ai laissée, il y a deux mois. Mais je suis déçu par ma prestation d'arrivée ! Je voulais marquer le coup avec un bouquet de fleurs, qui n'est pas encore arrivé. Je voulais que Cat sache que je ne pourrai jamais oublier ce qu'elle a fait.

« Tu te rends compte ? Je ne t'ai pas dit bonjour ! Je suis désolé. Ne m'en veux pas…

- J'étais aussi émue et personne ne sait comment il peut réagir dans un moment pareil ! »

Oh je sais que c'est une femme intelligente et qu'elle comprend. Mais je suis sidéré qu'après cette traversée terrible je n'aie pas pris ma femme et mes enfants dans mes bras. Pour la postérité, il suffira peut-être d'en conclure qu'en bon jouisseur, j'ai gardé le meilleur pour la fin !

« Allez, on va manger quelque chose ! propose Cat. De quoi tu as envie ? »

Un plat de charcuterie, être autour de la table en famille. Je suis ébloui d'être revenu et de pouvoir partager un moment si simple avec ceux que j'aime. Un de ces gestes quotidiens dont on ne mesure pas l'importance et la richesse, avant d'en être privé. Après cela, assommé par les émotions, j'ai besoin de m'allonger pour une sieste.

La vie peut désormais reprendre son cours.

Remis du choc, je peux remercier mes amis pour leur soutien. Marceau me rend visite. Les relations avec mon frère se sont intensifiées ces dernières semaines. « Tiens, Marceau, je voudrais te donner mon dossier médical. Tu pourras lire mon parcours, les traitements, tout ce qui m'est arrivé… » Je le vois touché par ce qu'il interprète à raison comme une marque de confiance. Il s'est beaucoup documenté et a appréhendé avec justesse toute la partie médicale depuis deux mois. C'était une tâche ardue, dans l'imbroglio scientifique et les incertitudes de la médecine obligée de soigner dans l'urgence un mal inconnu. Ces pages éclaireront sans doute sa lanterne sur quelques points.

Le soir, c'est Marilyn qui s'annonce. Je tiens à l'accueillir le premier. Nous ne disons rien. On se prend les uns les autres dans les bras avec une effusion simple et silencieuse. On ne trouve rien à dire, la gorge serrée. J'ai repris mes esprits et je peux accepter l'émotion dans toute sa pureté. Cat peut laisser aller la sienne. C'est un moment de plénitude et d'amitié totales.

Une proposition nous ramène tous au rivage : « Et si on buvait un coup ? »

L'émotion va présider à mes premiers jours à la maison.

Cat a annoncé mon retour sur WhatsApp. Les amis et connaissances se montrent tous si contents de me voir. Un ami m'offre un tableau qu'il a fait peindre pour moi. On y voit une barre de Nuts pendue à des ballons multicolores sur le point d'atterrir à Marlenheim. Quand je traverse mon village, je suis entouré et adulé comme une vedette.

Ce sont des jours où mon cœur se serre à chaque instant, chaque geste, chaque message. Parfois je me cache la nuit pour pleurer. Le retour à la vie est un bonheur mais aussi un choc. Je suis bien là, la vie m'offre des cadeaux inouïs, mais la vie d'après ne ressemble pas, loin s'en faut, à celle d'avant. Est-ce que je vais la retrouver un jour, cette vie que j'aimais tant comme elle était ?

Le monde d'après…

Les chantiers de mon entreprise peuvent reprendre, mais sans moi. Mes doigts sont encore trop faibles pour tenir un pinceau.

À la maison, en attendant la reprise des cours, mes enfants veillent sur moi avec discrétion. Je ne veux pas leur causer des soucis et je les rassure : tout va rentrer dans l'ordre, mais il faut encore du temps.

Et quoi de mieux pour leur montrer que je suis de retour et en forme qu'un bon vieux concours de lancer francs, comme on les aime ? Le basket me permettra de mesurer mes progrès. La première fois que je me saisis du ballon, je suis loin du panier. Mais c'est chaque jour un peu mieux. Ma force musculaire augmente. Mes lancers francs se rapprochent du panier ! J'en ai rêvé, je peux enfin rejouer avec mes fils. Ils ont eu peur que je ne revienne pas. J'ai l'impression qu'ils ont grandi.

Ils peuvent désormais revoir leurs copains et ils se racontent leur confinement. L'un a regardé des séries sur Netflix, un autre a joué sur la Play, aidé à la maison, jardiné ou fait la cuisine. « Quand je leur raconte mon confinement, ça les bouscule… » confie Baptiste qui répond à des questions sur les conséquences de la maladie : « Il n'est pas fatigué, mais je vois qu'il a moins de capacités. Il n'arrive pas encore à écrire normalement et ne pourrait pas tenir un marteau, même pas dévisser le bouchon d'une bouteille d'eau. Mais je pense que c'est comme une fracture. Il ne va pas en rester là. Ça se fera avec le temps ! »

Prendre mon temps… voilà qui ne va pas bien à mon tempérament, à mon énergie naturelle. Et puis, si certains le font pour vivre ou pour gagner de l'argent, moi j'aime peindre, rencontrer les gens, les conseiller. Des gens qui travaillent par obligation, on en connaît tous. Je n'en fais pas partie, je sais que c'est une chance. Mon entourage dit de moi que je ne deviendrai jamais riche parce que j'aime trop mon métier. Mais je tiens à pouvoir me regarder dans un miroir, après avoir fait du bon travail au juste prix. Alors je brûle de remonter sur les échafaudages et de peindre.

Mais j'ai une autre chance. Nous sommes ensemble. Je ne peux pas conduire, mais Cat n'a pas encore repris le travail. C'est ensemble que nous allons aux rendez-vous chez Gilles, mon kiné, et voir les amis. Nous lançons des invitations. Nous ne sommes pas dangereux, avec nos anticorps en grande quantité. Cat vit ces journées comme une parenthèse enchantée. Quand elle a pris six mois de congé après la naissance de notre deuxième enfant, elle s'est dit que ce serait la dernière fois qu'elle vivrait en famille de cette façon. Cette pandémie historique lui donne finalement la chance de connaître un nouvel épisode. « J'ai vu le pire et le meilleur de cette période… » me dit-elle souvent. Nous avons découvert que les gens sont simplement gentils et bienveillants. Ils nous ont entourés, aidés, soutenus, sans rien attendre en échange. Ils doivent savoir, vous devez tous savoir, qu'avec ces élans positifs, nous n'avons pas pu faire autrement que d'être positifs !

Comme je suis sorti du coma à Nantes et que j'y ai fait ma rééducation, je dois prendre moi-même l'initiative de mon parcours médical post-Covid. Neurologue, angiologue, pneumologue, kiné, psy… La rééducation est encore au cœur de mon quotidien.

Je marche tous les jours, je vois le kiné quatre fois par semaine pour pratiquer le cardio training et subir un drainage un peu douloureux. Il m'arrive d'avoir mal, surtout le soir, et c'est ma famille qui m'empêche de me laisser aller : « Ah ! Tu recommences à te plaindre… » Se plaindre c'est augmenter la douleur. Positiver c'est la mettre dans un coin de sa tête et vivre.

Et les récompenses arrivent. Depuis que je suis rentré, je n'ai plus de moments de déprime. La phlébite commence à se résorber. Mes mains et mes pieds retrouvent quelques sensations, mais les extrémités de mes doigts ne répondent pas. La neurologue constate que les nerfs y ont été nécrosés par les traitements médicamenteux. Elle ne peut pas affirmer qu'ils repousseront complètement, seulement que cela évolue bien pour le moment. Et personne ne peut dire pourquoi un nerf repousse ou… s'arrête de repousser. La guérison peut prendre un an, voire un an et demi.

Tous les médecins confirment, en étudiant mon dossier médical, que j'ai été bombardé de médicaments, à des doses qui les impressionnent. J'ai été une sorte de cobaye. C'était pour me sauver et il n'y a pas l'ombre d'un reproche dans mon propos. La phlébite est courante chez les patients dans le coma, mais la phlébite du bras est rare. L'embolie était un choc pour mon organisme affaibli. Et quand on a essayé de me sortir du coma une première fois, le malaise cardiaque s'est traduit par un arrêt. Je suis un miraculé ! Et malgré les effets secondaires des traitements sur les nerfs de mes mains et mes pieds, qui affectent encore ma vie, mon métier et mon entreprise, je m'en sors très bien.

Cette chance que j'ai… je recommence une nouvelle vie et j'en suis conscient. Elle me rend énergique et volontaire pour travailler sur ce que mon corps n'a pas encore récupéré. Alors je reste positif, actif et je dédramatise ! Je saisis un stylo et j'écris et, quand il me tombe des mains, je passe à autre chose. Je peux à nouveau fermer le poing, même si c'est très douloureux par moments. Le soir au repos ou tôt le matin, c'est comme si on m'écrasait les doigts. La neurologue assure que c'est bon signe. « Tout s'évacue ! » Alors tant pis pour la douleur. Elle est bénéfique !

Je peux bien marcher désormais et ma jambe désenfle.

Le pneumologue m'a orienté vers un programme de rééducation respiratoire d'un mois qui se déroule à l'UGECAM à Illkirch-Graffenstaden. J'y vais trois fois par semaine, quatre heures. Le groupe de cinq patients COVID dont je fais partie fonctionne en osmose et avec une énergie que les médecins remarquent.

Le centre est situé à l'orée d'un véritable île de verdure qui permet de marcher dans la forêt. Chaque session de rééducation dure trois heures de bonne intensité. Après trente minutes de vélo bardé d'électrodes qui mesurent mon rythme cardiaque, j'ai droit à quinze minutes de pause, puis je marche autour du centre, sur du plat, pour retrouver mes sensations. Après une nouvelle pause, j'embraye sur une heure de kiné respiratoire, pour réapprendre à respirer avec le ventre. De 40% de capacité respiratoire, je passe rapidement à 60%. Grâce à des exercices au sol, abdominaux, dorsaux, ventraux, je continue à récupérer la masse musculaire perdue pendant le coma. Le rythme est soutenu, les progrès sont rapides et encourageants. Le premier jour, j'enchaîne quatre tours du parc en marchant d'un bon pas, soit deux kilomètres 500 en une demi-heure. Le lendemain, sept tours et un de plus le surlendemain.

J'entame la dernière semaine en forme, avec mon souffle retrouvé, presque retrouvé… parce que sur mes poumons il y a encore des taches. Ce sera long et peut-être qu'elles ne disparaîtront pas. Mais je respire mieux, je ne suis plus essoufflé quand je marche à bonne allure ou quand je fais un test d'effort. Sur le vélo du cardiologue je monte à 200. Un cycliste arrive à 280/300. Ma souplesse est également de retour. Si mes doigts n'étaient pas encore faibles, je retravaillerais sans mal.

Notre groupe de patients COVID est très soudé et les soignants assurent que nous progressons très vite. Les plus énergiques entraînent les autres à se dépasser pour y parvenir.

« Tu sais, Serge, me dit le médecin, quand ils t'ont vu faire quatre tours hier, ça les a fait réfléchir. Et même les plus âgés se sont mobilisés.

- Mais je ne l'ai pas fait méchamment ou pour me vanter. Je l'ai fait pour moi. Je pensais à moi, parce que je veux avancer. Je n'ai pas réalisé… »

C'est la force de l'entraînement. C'est aussi la force de la gentillesse, celle que j'ai reçue... C'est enfin la force du travail. Il n'y a pas de miracle ici. Il y a de la volonté, du courage, du dépassement et beaucoup beaucoup de travail, très dur. « Vous êtes dans une phase de progression très nette, mais vous êtes encore loin du compte... Il faut marcher tous les jours Continuez ! » nous pressent les médecins, psychologue, nutritionniste, sophrologue, kiné, pneumologue.

L'un de nous est arrivé avec une assistance respiratoire. Il lui fallait neuf litres d'oxygène à la sortie du coma, cinq en arrivant ici et il était probablement condamné à rester dépendant de ses bouteilles d'oxygène. Il n'en a plus besoin... C'est le plus heureux des hommes. Alors nous sommes de plus en plus motivés. Et nous sommes si bien ensemble que nous avons planifié une marche et un repas toutes les six semaines, ce qui nous incitera à poursuivre nos séances de sport.

À la fin de notre session d'un mois, une heure de psychothérapie nous a réunis tous les cinq. Chacun a évoqué l'avant, l'après... avec ses propres idées, ses motivations personnelles. Et chacun de nous, tous ensemble, nous avons pleuré.

Depuis deux jours, le COVID se rappelle un peu à moi. Je suis perclus de courbatures. Je confie à un médecin que mes bras pèsent des tonnes. « Des comme ça, on en vingt par jour, me confie-t-il. C'est le pic de cette maladie… On ne sait pas encore le gérer à ce jour. Certains voient des symptômes resurgir, des mois après. On ne sait pas encore pourquoi. La fatigue est le gros point noir. Et tu as de la chance, ce n'est pas ton cas. »

Oui, la chance.

Pas de chance au départ, j'ai attrapé ce satané virus et j'ai sombré dans une forme grave. Mais j'ai pu traverser l'épreuve. J'ai repris 25 kilos, mon entreprise tourne, je réalise des métrés, des devis et des factures, je joue mon rôle de conseil auprès de mes clients, en attendant de me saisir à nouveau de mes pinceaux

Cat et les enfants me disent que je n'ai « pas changé ». C'est vrai… je ne me suis pas métamorphosé. J'ai retrouvé mon cadre de vie, ma famille, mes amis, mon goût pour les autres, mon débit de paroles et les joies de la vie, petites et grandes, et pourtant je suis un autre homme au fond de moi. Je m'énerve moins vite, je suis plus tolérant, plus ouvert d'esprit. C'est que c'est très long une journée à l'hôpital ! J'ai appris à relativiser, quand je ne pouvais pas obtenir tout de suite ce que je voulais et quand je ne pouvais pas faire tout de suite ce que mon énergie commandait. Un peu de patience, chez moi, c'est un gros bouleversement intérieur !

Et puis, je pourrais me replier sur la peur après une épreuve pareille, mais c'est tout le contraire. Elle m'a apporté de la force, énormément d'amour et d'amitié, le goût particulier que donnent le sel de la vie, le bonheur simple de regarder vivre les miens, de jouir des moments de partage avec plus d'intensité. J'ai plus que jamais envie de croquer tout ce que l'existence peut m'offrir, mais avec lucidité, dans le respect des autres, parce que la période reste dangereuse et anxiogène.

Vais-je rester ainsi ? Le temps me le dira… Mais c'est avant tout à moi de prendre le pouvoir sur ma vie.

Tous ensemble…

Il y a quelques mois, probablement vers la fin du mois de mars ou le début du mois d'avril, alors que j'étais encore dans le coma, je crois bien que j'ai décidé qu'il n'était pas l'heure de mourir. Je me suis battu, du fond de mon inconscience, contre les attaques répétées du virus et les complications qu'il a imposées à mon organisme. Je me suis battu pour revenir. J'écris cela et je n'en sais rien de précis. Les soignants disent que j'ai donné des signes, répondu à des questions, par une pression de la main ou un clignement des yeux. En réalité, des trois semaines de coma, je n'ai aucun souvenir. Ou plutôt si, j'en ai un seul.
Je suis dans un tunnel. C'est un moment de doute. Le virus est trop belliqueuse. Quand je m'améliore, il attaque ailleurs. Peut-être que je ressens la fatigue de cet épuisant combat.
Tout est flou autour de moi, mais au loin, une lumière apaisante m'attire irrésistiblement. Et comme j'avance, tout s'éclaircit. J'entre dans un halo de clarté. Je flotte, je me sens bien mieux. D'autant mieux que j'aperçois des gens le long de mon chemin. Je les reconnais ! Cat, Romain, Baptiste, Maman, Marceau, mes belles-sœurs, belle-maman, mon beau-frère, Marilyn, les amis du basket, les proches de

mon quotidien. Ils sont tous là, leurs visages profondément bienveillants tournés vers moi. Les plus proches m'applaudissent, quelques autres me saluent d'un signe de la main. Je ne m'arrête pas, je poursuis le chemin, emporté par la pureté de la lumière et ses promesses de sérénité.

Au bout de ce tunnel, il n'y a plus qu'à franchir un portail. Il suffit de pousser la porte. Juste à côté, se tient mon médecin traitant Thierry Schlewitz. Il ne porte pas la blouse blanche de médecin, mais sa tenue de jardinier bricoleur, avec un marcel blanc. C'est l'ami qui est là, pas le docteur. Je m'approche de la porte, mais ces applaudissements… ils sont si chaleureux.

Que se passe-t-il en réanimation, à l'hôpital de Nantes ? Ont-ils allégé la sédation pour préparer mon réveil ? Étais-je au contraire en détresse ? Je ne le saurai jamais. Cette expérience dite de mort imminente est évoquée par des malades. Les médecins et psychologues n'ont pas apporté de réponse à mes questions sur le sujet.

Peu importe.

Ce que je sais me suffit.

Ce n'était pas mon heure. C'est moi qui l'ai décidé.

Je n'ai pas franchi le portail, parce que j'ai découvert la force de vie qui est en moi.

Je n'ai pas franchi le portail parce que vous étiez tous avec moi dans ce tunnel, comme vous l'avez fait depuis le début, par la force de l'esprit. Vos applaudissements, vos saluts, vos sourires, l'amour que vous m'avez porté, votre foi dans mes chances de guérir, l'espoir que vous avez nourri de vos ondes positives, vous, tous autant que vous êtes, vous m'avez donné envie de revenir.

Jamais je n'oublierai ce que j'ai appris de la vie et ce que j'ai reçu de chacun de vous.

Merci.

Mardi 20 octobre 2020 - 18 heures 19

Epilogue…

Alors que j'achève ce livre, me voilà de nouveau un vendredi 13… mais en novembre. Cette fois, je ne bouge pas de chez moi ! De toute façon, nous sommes confinés, ce qui me permet de vivre mon premier confinement, de remplir des attestations et de limiter mes déplacements.

Toute cette histoire n'est pas anodine. Chacun de nous peut en ressentir les effets. Chacun de nous se souviendra toute sa vie de l'année 2020. Beaucoup ont été touchés de très près par le COVID-19. Certains très gravement.

Ce n'est pas rien dans une vie de demander à être plongé dans le coma et de se réveiller trois semaines plus tard à 900 kilomètres, entouré de soignants formidables, mais privé de sa vie, de son autonomie, le souffle coupé et le corps en déroute.

J'ai été atteint de plein fouet et ce n'est pas encore derrière moi, pas seulement parce que le virus circule toujours, mais parce que je n'ai pas récupéré suffisamment de force physique dans mes mains pour reprendre mes pinceaux et mes pieds restent sujets d'inquiétudes par moments. Mais je suis très combatif. Et je mesure ma chance. Mon ami Éric, rencontré au centre de rééducation de Nantes, a entamé un nouveau processus de rééducation en milieu hospitalier qui lui demande bien des efforts.

Moi, en attendant que les reliquats du COVID-19 quittent mon corps, je suis passé de la peinture à l'écriture.

À l'hôpital à Nantes, trois jours après mon réveil, j'ai commencé à griffonner mes sentiments et mes aventures dans un carnet, avec un stylo rouge. C'était laborieux : « Mais qu'est-ce que j'écris ! Je n'arrive pas à me relire, je tremble trop ! » me disais-je. Mais j'ai poursuivi, sans imaginer que ces notes serviraient de base à l'écriture du livre que vous avez entre les mains.

La capacité des êtres humains à trouver un sens à ce qui leur arrive peut leur faire penser qu'à quelque chose malheur est bon. Et il est bien possible que l'adversité permette de devenir une meilleure personne. C'est une idée qui m'échappait au printemps dernier, devant l'ampleur de tout ce que j'avais à réapprendre, alors que j'étais encore en plein combat, avec les hauts et les bas que vous savez. Mais j'ai transformé la douleur en force motrice et j'ai récupéré. J'ai donc expérimenté le concept de résilience, en retrouvant ma vie. Mais pas seulement. En plus de tout cela, j'ai changé. Ma façon d'être au monde a évolué. Un nouvel ordre a émergé dans ma vie, sur laquelle je porte un regard neuf. Surtout, j'ai réalisé que l'amour est porteur.